經商社匯 8

改變想法 就能改變 命運

韓國
國家創意顧問
朴鍾夏
著

自序

「盜取一個人的點子是剽竊，而盜取眾人的點子可以成爲很好的研究課題。」

這是我還在念博士的時候，一直貼在桌上的一句話。爲了把論文寫好，我讀了很多別人寫的論文，並且從中得到了很多很好的點子。

一個人的一切是不會超過他所經歷的經驗的。人本來出生時就像一張白紙，經歷了很多經驗後，開始慢慢在白紙上記錄從那些經驗中學到的、對自己有用的東西。正如《聖經》上所寫的那樣：「太陽底下沒有新鮮事。」，本不可能「無」中生「有」。所以我希望經歷更多的經驗，並且通過這些經驗獲取更多的新知識。

談到經驗，有些人可以從很小的經驗中得到很大的教訓；相反地，有些人雖然接受了系統化的高等教育，但從不努力把這些學到的知識據爲己有。一個人能從經驗中學到多少，領悟到多少，都因人而異；但總的來說，豐富的經驗會讓人變得更加強大。

我的職業是創意顧問。所謂創意顧問，就是幫助人們更好地思考問題、改善他們思維模式的工作。我們也知道，思考是人類最大的力量；但大部分人都不願意爲更好的想法付出特別而系統化的努力。「一個人的想法可以決定他的一切！」在親身感受到這句話的內在含義之後，我決定從事創意顧問這個職業。寫這本書

　的目的也是想給讀者提供更好的「思考經驗」，這些經驗希望會
讓各位變得更加強大。

　　這本書中記載了我平時在書本、網路、報紙、雜誌上看到，或
從別人那裡聽到的一些能夠給我啓示和教訓的故事；還加上了一
些我自己的感想和想法。我想與各位一起共享我所得到的啓示和
教訓，希望各位透過我的一些經驗，獲取到你們自己所需要的啓
示和教訓。

朴鍾夏

做生意和點子

明智的人不斷去尋找比自己發現的還要更多的機會。

——法蘭西斯‧培根（Francis Bacon）

富有創意的點子和富有創意的騙局

故事

某一椿生意

某一天有一個人來找建築師，他說他想蓋一棟自己的房子；並且拿出了幾張自己親手畫的素描。雖然建築師以前從來沒有見過此人，但他很爽快地答應爲這個人蓋房子，而且不收取一分錢。不過令人費解的是，這位免費爲別人建造房子的建築師，隨後卻賺到了一大筆財富，這到底是怎麼回事呢？

這世界上的人可以分很多種，有些人性格比較直，而有些人不喜歡說話直截了當，反而喜歡婉轉的表達方式。一般人喜歡誠實而直截了當的人，不太喜歡那些說話婉轉或者總想隱藏些什麼的人，我也是這樣。但，下圍棋或者打撞球的時候，高手們卻往往會多想幾步棋，或者充分利用撞球檯的沿壁擊球而不是直接去撞擊。多想幾步棋或者利用球檯沿壁絕對不是欺詐，而是通過更廣的思維和視角，多想出幾種可行的方法，取得更好的成果。**做生意也是一樣的，不要只是局限於那些直觀的利益，應該多尋求一些可行的方法，或許會有更好的收穫**，正如前面所講的故事1那樣。

故事1是實際發生過的軼聞，故事的主人翁則是帕布洛‧畢卡索（Pablo Picasso）。畢卡索素描了自己想要的房子結構和整體效果圖，然後去找願意為自己建造房子的人。恰好畢卡索找到的建築師有一雙慧眼，發現了畢卡索拿出來的素描的價值。他判斷只要能夠拿到畢卡索親手畫的素描，會比直接收取建築費用有更大的商業價值。果然他的判斷是正確的，他通過出售畢卡索的素描賺取了多出建築費用幾倍的利潤。

我喜歡生意場上創造第二次利益的故事。拿一個實際企業例子來說，「麥當勞的房地產事業」就是一個典型例子。麥當勞是世界上銷售漢堡最多的公司，但麥當勞的真正企業價值的核心是該公司所占有的黃金

> 建築師判斷畢卡索所畫的素描，其價值遠遠超出實際建築費用，從而創造出了不菲的第二次利益。

地段房地產。一個新開發的城市或者人潮多的地方通常都會有麥當勞加盟店。麥當勞總部專門收購那些新城市開發後人流量多的核心地段房地產後，再吸收加盟人員，收取加盟費，並且提供製作漢堡的材料和方法。即使經營加盟店的業主因經營不善而虧損，麥當勞總部是不會有任何損失的。即使生意不好撤銷加盟店，由於地價的攀升，麥當勞還是會有不菲的利益。實際上麥當勞是在美國擁有最多黃金地段房地產的公司之一。

每當我對別人講這段故事的時候，人們的反應會有兩種：有些人表示出了絕對的認同，而且還興致勃勃地給我講述了類似的故

事；而有些人卻表示出了一些相反的見解。有一個認同我故事內容的人對我講了這麼一段故事：

 故事

牛仔的故事

這是發生在某一家酒吧的故事。有一個牛仔走到吧檯服務生那裡，提出要賭一把。他說：「我往一米外的小酒杯小便，保證不會流出一滴，願不願意賭10美元？」吧檯服務生覺得這個人很愚蠢，取笑說：「往那麼小的酒杯小便，怎麼可能不流一滴呢？」牛仔卻非常自信地說：「不相信就賭10美元！」並且一副得意的樣子。最終賭局還是開始了。

牛仔的小便不但濺出了酒杯，而且還濺到了附近的桌子和吧檯服務生的臉。雖然牛仔的小便濺到吧檯服務生的臉上，服務生卻笑瞇瞇，因為他想到的是那10美元賭注。

「怎麼樣，願賭服輸，給我10美元吧！」

「稍微等一下。」牛仔說完後走到他的朋友那裡。過了一會，牛仔走過來遞給吧檯服務生10美元。吧檯服務生實在想不明白牛仔的這番舉動，就問了一句：「你為什麼提出了這麼一個穩輸的

賭局？雖然我輕輕鬆鬆賺了10美元……」聽了這句話，牛仔微笑
著對吧檯服務生說：「事實上我是與那邊的朋友們也賭了一局，
賭我的小便濺到了你的臉，你還是會笑嘻嘻的，而且賭額是100
美元。幸虧你，我賺了90美元。」

　　與講這個故事的人不同，並不是每一個人都能認同我講的這些
故事。一些人認為這是一個「富有創意的騙局」，並表示了否定
的態度。他們認為欺騙別人根本上不是什麼好方法，而且為了個
人的利益讓別人受到損失，是一種不正當的行為。他們認為始
終要用真誠的心去對待別人，依靠騙局卑賤地賺取錢財，這不是
生意人而是騙子。

　　我也認同他們的觀點。**事實上創意性或者變通性，如果使用不
當就會變質，會成為欺詐行為。**

創造第二次利益！

故事

水牛的故事

美洲水牛（buffalo）群馳騁美國草原上的壯觀場面，無論是誰都會深刻地記在腦海中。但，水牛群就像龍捲風一樣沒有什麼特定的遷徙規律，誰也不知道在什麼時候、在什麼地點會出現水牛群。

有一天報紙上登了這麼一條廣告，是一個青年登的。這個青年自稱是水牛群遷徙課題的研究人員，他以一美元一張的價錢銷售記錄有水牛群遷徙情報的邀請函，上面寫著幾日、幾時、幾分水牛群會經過什麼地方的情報。他還在廣告上承諾，如果自己的預測是錯誤的，就會賠償2美元，於是有很多人向他購買了1美元一張的邀請函。

到了指定的時刻，有很多人聚集到了指定的地點，但水牛群並沒有出現，那個青年也按照他的承諾每一個購買者賠償2美元。不過，這個青年卻因此賺到了一大筆錢。怎麼會沒有虧，反而還賺到了很多錢呢？

每當我談到生意場上話題時，就會想起這個關於水牛的故事。

如果您正在構思一個新的事業或者需要一個好點子讓自己的事業更上一層樓，就請記住這個水牛的故事。

其實這個故事的眞實情況是這樣的：爲了到達能看到水牛群遷徙的地點，人們必須要過一條小河。由於這條小河沒有橋，因此過河需要每人支付5美元坐木筏。這個故事裡的青年就是經營這木筏的船夫。

正如前面水牛的故事一樣，**生意場上需要一種戰略性思考：就是超越單純的第一次利益、期待第二次利益的戰略性思考。**在這裡我們需要關注的辭彙就是「第二次利益」。這裡區分價值和利益是非常重要的，特別是在生意場上。比方說，有一只手錶，有水下500米防水的功能。那麼，你會僅僅爲了這個防水功能，去購買比一般手錶貴很多的防水錶嗎？或許對那些「浮潛運動」愛好者來說，防水錶會有很大的利益，但像我這種沒有機會戴著手錶潛水的人，這種功能僅僅是價值，而沒有實際利益。**並不是所有價值都能與直接利益發生某種聯繫，能夠把價值提升爲利益的人，就是事業家，而這一點正是生意場上成功的金鑰匙。**

生意場上追求第二次利益的例子可以在很多地方找得到。追求第二次利益的時候，有一點必須要注意，那就是具體而且縝密的思維；正如下圍棋時縝密思考棋招一樣，一定要想出具體、縝密的招數。在水牛的故事中，所有人都要花5美元過河，所以那個經營木筏的青年一定會賺錢。但，只是單純地認爲人多的地方就

有商機，並且決定要以很多人為目標群體銷售霜淇淋或者棉花糖來賺錢，建議你還要做一些充分的思考。

不久前網路流行時，很多人只是單純地認為加入到自己網站的會員越多，利益就越大，因而盲目去追求看不見的未來價值。最終很多人就因為這樣不夠具體、不夠縝密的想法，造成不必要的損失；我們應該避免這種錯誤再次發生。你要認真去思考別人想不到的「棋招」，成功的起點就是你的想法和戰略。

創意性和變通性往往會被視為欺詐行為。故事1中的主人翁畢卡索和建築師並沒有損害到任何人的利益，但有些人卻認為，這個建築師利用不正當的手段，獲取了不正當利益。也有些人批判故事2中的牛仔，說他通過欺騙別人賺取自己的利益，有些人還把這個故事定性為「富有創意的騙局」。事實上，這個世界上沒有一個人會願意看到自己的變通性和創意性點子變成一場坑害別人的騙局，所以我們應該多想出一些對別人、對自己都有利益的好點子。

> 生意場上應該去創造第二次利益，並不是單單追求第一次利益。
> 並不是所有價值都能與直接利益發生某種聯繫。
> 能夠把價值提升為利益的人就是事業家，而這一點正是生意場上成功的金鑰匙。

誰都想賺錢，但錢並不是唾手可得的東西。可以想像一下在運動場上踢足球的情景，雖然我非常努力去奔跑，但因球技很差總

是碰不到球，只是白費力氣，這是所有缺乏運動細胞的人在運動場上的狼狽相。**賺錢也是一樣，並不是說只要你努力工作就可以賺到錢。為了在生意場上取得成功，必須要瞭解它的基本脾性。在這些基本脾性中，我想談的是如何去追求第二次利益**；所以在前面舉例講述了幾個相關的小故事。你不應該把這些故事看成「富有創意的騙局」，我們要做的是在利人利己的前提下，去構思能夠創造第二次利益的點子，而不是利用一些損人的點子去坑騙別人。

不要試圖藉由某種點子去騙人或者獲取不正當利益，應該利用你那聰明的頭腦，去創造一些能夠給大家帶來快樂、互惠互利的商業機會。

選擇和集中

故事

一篇文章的啟示

從前有一個國王，讀了很多書，也擁有很多知識。這個國王想讓自己的百姓也像自己一樣學識廣博，但國王也知道，百姓們因為忙碌的工作沒有時間認真學習。於是國王給那些寫書的學者們下了一道命令：

「將世界上最重要的知識出版成十二本書。」

國王想讓百姓們在最短的時間內學到最為核心的知識。學者們通過不斷的研究，終於寫出了十二本書。對學者們的努力成果，國王雖然感到非常高興，但覺得十二本書還是太多，於是又下了一道命令：

「把這十二本書精簡成一本書。」

遵照國王的命令，學者們又開始專心研究，終於精簡成一本書。國王非常高興，但又覺得發給每一個百姓一本書，國家財政負擔太大，於是又下了一道命令：

「把這本書中的知識濃縮成一行字。」

學者們經過艱辛的工作，終於把世界上的知識濃縮成一行字。

　　這個故事我聽了很多次，不過奇怪的是，每次聽到的故事情節是一樣的，但其結果都不一樣。中國古書《莊子》中就記載著這個故事，《莊子》中寫到的那一行濃縮內容是「織而衣，耕而食」，這是國王的學者們給那些渴望成功的百姓們傳授的世界上最有必要的知識。

　　也有一個以波斯國王為主人翁的故事，但那段故事中的學者們濃縮出來的一句話卻是：「所有人都會死。」這句話代表著對宗教的信任。

　　那麼你是怎麼想的呢？如果要你把你所掌握的所有知識濃縮為一句話，你會怎麼寫呢？

　　「集中」是我們人生當中最需要的因素之一。**如果你想在你工作的崗位上取得成功，你必須要集中。為了集中，則需要選擇；而選擇是一個百裡挑一的過程。**根據如何去選擇和集中，會決定一個人的人生質量。成功的人是不會同時做很多事情的，集中精力認真做一件事情，才能提高成功的概率。

　　但很多富有創意的人都具有很強的好奇心，他們對很多事物都感到極大的好奇。如果想做的事情很多，而且擁有同時可以做很多事情的能力，那麼這個人是肯定無法把精力和注意力集中在一件事情上。如果一個人的創意性特徵阻擋了他的選擇和集中，那麼創意性性格恰恰會成為阻擋成功的障

為了更好的集中，我們有必要百裡挑一。

礙。

學會集中並不是一件容易的事。人們無法把精力和注意力集中到一件事情上的理由或許有很多種，但很多情況是出自人們錯誤的認識，

如果你想在你從事的行業中取得成功，你必須要學會集中。為了集中你需要的是選擇，請記住，「選擇是一個百裡挑一的過程」。

使他們無法集中在一件事上。

「可以同時做好幾件事情的人是有能力的，是有才能的人。」這種錯誤的認識，就是一種無形的障礙物，正是它阻礙了人們對一件事情的選擇和集中。想的東西越多，越你無法集中在自己計畫好的事情上，只能讓你感覺迷茫。一旦形成習慣，做每件事情的時候都會被捲入到各種各樣的想法之中，始終無法集中在一個點上。我也有過很多類似的經歷，這肯定不是好習慣。

為了集中，必須選擇一個，放棄其餘。如果想把世界上所有的知識濃縮成一篇文章，那必須把自己最喜歡的一句話寫進去，必須要選擇最好的一句話。但大部分人仍在猶豫，他們或許會想，「相親相愛」也是很好的一句話，「認真地生活！」也是一句好話，「要有肯定的想法！」是一句不錯的話。如果繼續這樣想下去，肯定還會想多選幾句。

但必須要選擇一個，這樣才能集中。隨著時間的流逝，你可以更換精力集中的對象；但如果剛開始就選擇兩個以上對象，那麼

就不能做到集中。我們要選擇一件事情，並且要把我們所有的精力都投入到那件事情中。

不太會選擇和集中的人，需要一定的練習過程。在這裡簡單介紹一些練習方法：選擇一些一天內能夠完成的事情，並集中精力做這件事，這不失爲好辦法；在日曆上標好時間，嚴格按照計畫，在什麼時間段做什麼事情，這種方法也很不錯。要從很小的事情開始練習，學會選擇和集中處理自己的事情。可以說這也是人們成功的法則：選擇必須是一個。

> 「我會只盯著一個人打。」
> ——《加油站襲擊事件》（韓國電影）中扮演武大炮的柳悟成的一句台詞

為什麼創意能力是重要的關鍵詞呢？(一)

　　對生活在現代社會的我們來說，創意能力肯定是最重要的關鍵詞。那麼，為什麼現在比過去任何時候都要強調創意能力的重要性和必要性呢，其理由是什麼呢？對現代人來說，創意能力為什麼會成為那麼重要的關鍵詞呢？關於這些問題，我們可以在資訊化社會中找到答案。

　　網路的出現和資訊通訊技術的發達，製造出大量的資訊，過多的資訊在我們周圍流動。這些迅速流動的資訊，又互相結合變形產生更多的資訊。現在比過去任何一個時刻，社會的變化更加迅速，這樣迅速的變化，使得昨天使用過的方法無法再解決今天的問題，因而強迫我們吸收更多的新事物和新方法。

你會自己思考嗎？

電腦是沒有用的東西，它只會回答問題。

————帕布洛・畢卡索（Pablo Picasso）

電腦式頭腦＝傻子

故事

憨厚的約翰

　　澳洲有個叫約翰的少年，由於他看起來非常憨厚，周圍的大孩子們都取笑他是傻子。只要約翰一出現，那些大孩子們就會叫他過來。「嗨，約翰，到這裡來！」並且拿出1元和2元的硬幣讓約翰去選擇。「喂，你可以從中選一個你想要的。」

　　約翰總是拿走1元的硬幣。雖然2元的價值明顯比1元的大，但約翰始終選擇1元。周圍的大孩子們都說約翰是個傻子，說約翰不認得金額，只認得1元的硬幣比2元的硬幣大，所以選1元的硬幣。約翰成為這些大孩子們的笑柄。

　　看著憨厚的約翰總是被那些大孩子們取笑，一位老人不忍心，就叫住約翰想提醒他：「孩子，你覺得1元的硬幣大，所以認為那個好，但2元可以換兩個1元。有一個2元的硬幣，就等於有兩個1美元的硬幣。」

　　聽了老人的話，約翰憨厚地笑著，說了這麼一句：「這個我也知道，爺爺。但如果我選擇了2元的硬幣，那以後我就沒有零錢花了。」

正如人們往往拿大腦與電腦相比一樣，人類的大腦一般都要與當代最先進的文明產物相比較。**思考是人類最大的特徵，也是人類能夠征服地球的唯一力量。**雖然思考是人類最大的武器，但人們往往不屑於提高自身的思考能力。每個人都認為自己很聰明，而且擁有突出的思考能力，但真的叫我們去大量思考問題或者根據情況的變化改變思維方式，對我們來說不是一件熟悉的事情。

你又如何呢？

在前面約翰的故事中，有一個事實我們需要去關注。那就是約翰採用的思考方式是富有能動性和戰略性的。**電腦只能做反應性思考，而人類卻可以做能動性和戰略性的思考。**不僅僅是對付某些外部反應，而是自己可以設定一個目標，並且為達成這個目標擬訂戰略、實施戰略，這一點就是人類和電腦的區別。

假設讓電腦選擇2元硬幣和1元硬幣之中的一個，電腦肯定會選擇2元的硬幣，因為電腦只是按照事先設定好的程式運轉。如果預先設定程式，讓電腦12點給花壇澆水，那麼每天12點一到，電腦將會準時給花壇澆水，即使下很大的雨，電腦也會冒雨去澆水的。電腦只能說是一個比較聰明的機器，與人類比起來實在是太笨了。所以

> 思考是人類征服地球的唯一力量。
> 電腦只會對外部的刺激做出反應。
> 它並沒有自己思考的能力。
> **人類通過自己的思考設定目標，擬訂戰略，並且進行實踐。**

「擁有電腦般的頭腦」這句話，可以拿來取笑那些比較笨的人。

電腦式頭腦的人沒有自己思考的能力，只是對應外部的反應進行條件反射式思考而已。

或許你也會這樣？下雨天你也會12點準時撐著雨傘給花壇澆水嗎？我們自己肯定不會認為自己就是那種人。如果說你是只對外部反應做出條件反射式思考的人，或許你還會不高興。你可以問問自己：「我是否可以能動性地思考，是否擁有戰略性思考方式？」

我真的能自己思考嗎？

算命人突出的領導能力

故事

兩位旅館負責人

　　有這麼兩位旅館負責人。一個經常非常認真的定時檢查旅館的每一個角落。「請把那裡的蜘蛛網清除。請撿起地上的紙屑。」這是這位負責人經常要求職員做的事情，他不僅對自己的工作認真，而且也希望他的職員認真工作。他是一位遵守規則的人，同時也是別人學習的楷模；在認真工作和遵守規則方面，無人能與他相比。他每天都非常認真地做著自己分內的工作。

　　另一位旅館負責人工作也非常認真。雖然不像前一位那樣嚴格遵守規則，但他有他獨特的工作方式。這位負責人更加著重於新規則以及秩序的擬訂，而且經常琢磨賓館環境的布置。「怎樣擺放餐桌更為合理呢？怎樣裝飾正門到大廳的空間呢？」這些正是這位負責人經常思考的問題。這個負責人總是在考慮旅館的變化和發展方向，而且也經常鼓勵他的職員們積極為旅館的前景想出好的點子。

故事

兩位汽車銷售員

　　有兩位汽車銷售員,一個人只要碰到客戶,就滔滔不絕地向客戶介紹汽車性能,而且非常認真地回答每一位客戶的問題。他會非常仔細地講解汽車的每一項優點,並且不管碰到什麼樣的客戶總是把他所掌握的大量汽車知識講述給客戶。每當有新款汽車上市,他總是把相關新技術和優點背得滾瓜爛熟。在工作認真方面,沒有一個同事能夠與他相比。

　　另外一位銷售員則與前一位不同。他如果碰到客戶,首先判斷客戶的相關背景和情況,然後根據自己的觀察和判斷,向那位客戶推薦合適的汽車。他是這樣判斷客戶的:

　　「那位是工程師,因此在分析和計算方面非常精通。向那位客戶介紹汽車必須要用具體的資料,客觀地去講解汽車性能,可以用燃油費、汽車保養費等具體資料突出汽車的優越性能。」

　　「這個客戶是位護士,如果用具體資料來向她汽車的優越性能,那就等於浪費時間,而且有可能被拒絕。因此向她介紹汽車要多用一些感性的話語。」

　　「那位是電視台的監製,是非常喜歡新事物和創意的人。應該

向他介紹新款汽車或者別人很難找到的吉普車或跑車。」

前面兩個故事中的兩位旅館負責人和兩位汽車銷售員，您喜歡哪一位？您認為哪個旅館客人會更多？哪一位銷售員會賣出更多的汽車？很多人都在說：「成功的因素不僅僅是認真和努力！」現實生活中僅僅依靠「認真」和「努力」是無法得到應得的東西。這並不是在藐視「認真」和「努力」，只是僅僅依靠「認真」和「努力」是不夠的，成功要素中還包含了很多其他重要的因素，成功需要能動性的和戰略性的思維方式。

僅僅依靠靠「認真」和「努力」是無法得到應得的東西。
這並不是說要你去藐視「努力」。
努力是最基本的，但僅僅只靠努力是不夠的。

光靠無謂的條件式思維，即使努力工作，也是無法輕鬆得到自己想要的東西。**如果想得到自己所需要的東西，應該要靈活地使用能動性大腦系統，進行戰略性思維。**就是說，首先要擬訂相關的戰略計畫，然後去獲取自己想要的東西。

故事

算命人突出的領導能力

某個女演員在電視節目中講述了關於自己喜歡的男性類型和不喜歡的男性類型。

「我非常討厭男人問『想做什麼？想吃什麼？』真的很煩。再也不想與這樣的男人約會。我更喜歡『喂，你吃炸醬麵吧！』用這樣的語氣說話的男人，面對這樣的男人我會說：『好，謝謝！』而且我會吃得很開心。」

我聽到那位女演員電視上的這一番話，嚇了一大跳，因為我也經常問「想做什麼？想吃什麼？」這樣類型的問題。是不是所有女性都不喜歡這樣的男人呢？我當時無法理解那位女演員的話，怎麼會那麼喜歡依賴呢？但後來我才發現，人們在依賴的時候會感到舒適。

人們更願意按照別人的指示去做事或者按現有的方法機械性地做事，反而不太喜歡自己找事或自己擬訂計畫；有時候做自己的事情也是一樣。人們往往不太願意自己決定自己的事情，常常會覺得那是一種負擔。

　　由於依賴可以讓人們感到舒適，因此有些人甚至希望別人替他解決自己的煩惱，經常會找一些算命人占卜前程。他們會問算命人：「我該去東面還是去西面？」其實那些算命人也不清楚你該往東還是往西，但他會非常堅定地跟你說：「你應該往東，往東走對你有好處！」越是有經驗的算命人，他的語氣就更加堅定。人們往

> **接受別人的指示、按照現有的方法去做事，比自己找事做、自己擬訂計畫更感到舒適，每個人都一樣。**

往非常信任算命人那堅定的語氣，並且幾乎都願意聽從。如果真的發生了什麼好事，就會都歸功於算命人的妙算

　　算命人的「領導能力」就是利用堅定的語氣讓那些喜歡依賴和聽從的人感到舒適。可笑的是，算命人的語氣越堅定，人們就認為他的占卜越靈。**如果想當一個優秀的團隊領導人，你就要像算命人那樣，用堅定的語氣給對方舒適感。**

　　我們應該學學算命人的「領導能力」，並且試著用在自己身上。把那些一度讓你感到舒適的依賴性思考方式，改變成能動性思考方式，放棄得過且過的生活姿態，採取主導性生活姿態；在你的生活和思維中，你要起絕對主導作用。

擬訂自己的人生戰略！

故事

與有錢的公主結婚

古時候，有100名公主來向阿拉伯的王子提親，那時的風俗是新娘要帶聘禮。100名公主會依次登場，並說出自己帶的聘禮金額，王子必須在當場拍案決定是接受還是拒絕；更讓人頭痛的是，王子不能再向已經被拒絕的公主提親。王子要用什麼樣的方法才能選出聘禮最多的公主呢？什麼樣的方法可以極大地提高選擇正確的概率呢？

有時候我會與親友們一起玩紙牌遊戲。對某些人來說，紙牌遊戲就是某種戰略遊戲，而對另一些人來說，它僅僅是一種花色遊戲。玩牌的時候，有些人會去考慮整個遊戲過程或對方手裡的牌；相反地，有些人只在乎自己手裡的牌；還有一些人只是根據自己手裡的牌，去尋找牌桌上同樣的花色。對這類人談什麼戰略或者對整個遊戲的全盤戰略構思，那簡直是對牛彈琴，因為他們根本不談什麼計畫，他們只是按部就班地對照自己手裡的牌和牌桌上的牌去玩花色遊戲而已。

有時候自己擬訂的戰略會毫無效果，也有可能因為判斷失誤給

自己帶來不利的局面，但擁有戰略畢竟比沒有戰略更優越。**僅僅依靠條件反應式的思考方法是無法贏取勝利的**，為了在遊戲中贏得勝利，必須要擬訂你自己的戰略。

如果你就是那位王子，你會擬訂什麼樣的戰略？你可以先擬訂你自己的戰略後，然後再與後面所述的阿拉伯王子的戰略相比較。

我們不太習慣自己擬訂戰略。大部分人表面上都不太樂意被別人指使，但又懶得自己擬訂戰略，而且又覺得受別人指使也並不是什麼壞事，可以讓你自己感到舒適。但在這裡你要自己擬訂你自己的戰略，並且要與王子的戰略做以下比較。

面對這樣的情況，王子或許會做出這樣的戰略：前10名或者前20名的公主向他求婚的時候都要拒絕她們，但要觀察她們的聘禮；在這個過程中要記住最高的聘禮是多少，然後在剩下的公主中選擇聘禮比剛才更多的公主，然後與她結婚。通常在這種情況下，這是一個非常適合的戰略，這種方法在統計學當中經常會用到。

王子的這個戰略可以用數學公式來計算其概率，計算結果是37。就是說「在100名公主當中，首先要拒絕前面37位，但必須要記住其中最高的聘禮金額，然後在剩下的公

> 經常埋怨自己沒有運氣的人：
> 在沒有任何想法和對策的情況下面臨挑戰。
> 幸運經常陪伴左右的人：
> 充分利用自己的論理性判斷能力和具體的計畫面對挑戰。

主當中選擇帶來更高聘禮的公主，並與她結婚。」這個戰略可以最大限度地提高選擇正確的概率。其實答案是多少並不重要，重要的是基本戰略。不管是30名還是40名，那些僅僅是無關緊要的結果罷了，重要的是你要學會擬訂自己的人生戰略。

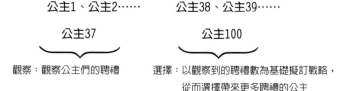

公主1、公主2……
公主37
觀察：觀察公主們的聘禮

公主38、公主39……
公主100
選擇：以觀察到的聘禮數為基礎擬訂戰略，從而選擇帶來更多聘禮的公主

當挑戰來臨的時候，有些人不具備任何戰略或計畫；而有些人卻充分利用自己的論理性、具體的戰略以及明確的判斷力去迎接挑戰。我們再看看周圍，有些人一向運氣不好，而有些人卻一向運氣很好，更有這麼一些人幸運經常會陪伴著他們。真的會這樣嗎？

我們假設前面故事中的王子隨便找一個公主結婚，那他能選擇到聘禮最高的公主嗎？答案是否定的，那些看不見摸不著的小小對策和努力，會產生差異巨大的不同結果。你也可以嘗試成為幸運女神的寵兒，但你要記住，戰略和計畫會給你帶來幸運。

你現在擬訂了什麼樣的戰略？面對擺在你面前的問題，你是否正在擬訂合適的戰略？

為什麼創意能力是重要的關鍵詞呢？（二）

　　直到產業化社會，整個社會的變化是很少的。在以前，那些會背很多東西，可以熟練掌握一項技術的人，往往是聰明的人、有能力的人。由於當時資訊的數量沒有那麼多，而且幾乎沒有變化，一個人完全可以利用背誦或者記憶的方式把資訊傳達給別人。但相較之下，現代社會要背誦的資訊實在是太多了。

　　過去的產業化社會中，由於幾乎沒有什麼變化，好好學習某種技術或者學習某種知識是非常重要的；但如今這個日新月異的現代社會中，適當地接受新的技術和知識，並把它們轉換成自己所需的東西，比熟練掌握一、兩種技術更有價值。比起那些會背誦的人，能夠想出新事物、新想法的人，會更受到現代社會的歡迎。

肯定有什麼地方出了差錯

所有的規則都是錯的，這個規則也不例外。

————海曼·西蒙（Hermann Simon）

一個花花公子的煩惱

故事

花花公子的煩惱

　　有一個花花公子同時與兩個女朋友交往。他住在地鐵站附近，而他的兩位女朋友各自生活在A處和B處。坐地鐵四號線都可以到達她們兩位的住處，不過一個要向北，一個卻向南，剛好是相反方向。花花公子對這兩個女朋友都是愛不釋手，所以他決定到地鐵站後，乘坐首先進站的那一列地鐵。由於這個地鐵站的月台在中間，因此兩個方向的地鐵他都可以乘坐，而開往兩個方向的地鐵每次進站的間隔時間都是10分鐘。可奇怪的是，雖然花花公子始終按照他認為公平的原則乘坐地鐵，但十有八九是開往B方向，只有一次才能開往A方向。這到底是怎麼回事呢？

　　你能幫這個花花公子解決這個苦惱嗎？有時候我們會碰到很難理解的問題，總覺得肯定有什麼地方出了差錯，但始終找不到原因。像這個花花公子一樣，如果能夠發現自己碰到的難題，那已經是比較幸運的，而有些人始終發現不了自己所面臨的問題。

　　我們可以假設，有一對新婚夫婦碰到了像這個花花公子一樣的難題。這對夫婦住在地鐵站附近，而婆家是在A點，娘家在B

點。非常孝順的他們也像花花公子一樣，乘坐首先進站的地鐵；結果是十有八九去娘家，只有一次才能去婆家。如果新娘早預測到會出現這樣的結果，而新郎過了很長時間才發現問題的所在，豈不是對新郎很不公平嗎？有時候我們會根本察覺不到自己所面臨的問題。怎麼會發生這樣的情況的呢？我們只要仔細查看一下就會發現其中的原因。

「只要乘坐首先進站的地鐵，就能公平地開往南方或者開往北方」這種想法是錯的。假設，往南去的地鐵進站的時間是10分、20分、30分，其間隔是10分鐘；而往北的地鐵進站的時間是11分、21分、31分，間隔也是10分鐘。如果不分方向乘坐首先進站的地鐵，那麼只有在10分和11分之間到達地鐵的人才能乘坐往北地鐵；而11分到20分之間到達地鐵站的人都會乘坐往南的地鐵。雖然不管往哪個方向，需要等待的時間都是10分鐘，但如果一個人既想往南又想往北，而且只坐首先進站的地鐵，那麼往南的概率比往北的概率高9倍。

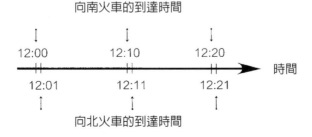

　　這種情況不僅僅發生在地鐵上，在我們平常的生活中往往也會發生類似的事情。而且這個問題並不只是某一個花花公子的煩惱，也許你也會有這樣的煩惱事。你可以想像一下，你和你的女朋友去看電影，要坐地鐵。地鐵月台在中央，往南有電影院，往北也有電影院。這時，你的女友會提出這樣的建議：「我們來公平地賭一把。我們先在月台上等，然後上首先進站的地鐵去看電影，如果往北我買電影票，如果往南電影票就由你買。怎麼樣？」

模糊的想法 vs. 嚴謹的想法

故事

過河要付多少船費？

　　某個商人正趕著90隻羊去市集。路上有一條很深的河，恰好有一艘渡船。那個船夫索要的過河費居然是他運過河的羊隻總數的一半。那麼這個商人要給多少隻羊呢？

　　這個故事是我現場講課時經常向聽課的學員提出來的問題。「需要給多少隻羊呢？」提出問題之後，觀察人們的表情，能看得出有些人有口難言，一直在猶豫，並且互相察言觀色。我知道他們心裡想的是什麼，其實他們是想回答說：「要給45隻羊。」但又覺得我不可能問這麼容易回答的問題，所以始終不敢大膽回答。

　　答案確實不是45隻，正確答案是，商人只要給30隻羊就夠了。由於船夫要求的是運過河去的羊總數的一半，因此商人只運過去60隻羊，把剩下的30隻羊留給了船夫。雖然是非常簡單的問題，但我們往往會犯錯。面對很難的問題，我們反而不會犯錯，只因為問題太簡單，我們會莫名其妙地犯些愚蠢的錯誤。

　　聽到這個故事的人，往往是被那些數字所迷惑。人們經常根據

表面的資料進行計算，卻不願意去分析清楚。想到90隻羊的一半的人，往往不會對問題進行全方面的考慮，僅僅利用已有的資料進行計算。他們缺少的是一件一件仔細考慮的習慣。

$$90隻 = 60隻 + 30隻$$

$$\frac{1}{2}$$

　　我們正在模糊地處理很多事情。一件一件去仔細考慮是不太自然的，模糊地去想，對我們來說更加自然一些。所以我們大部分人有著模糊地去想事情的傾向，不願意一件一件地仔細想問題。對此我有比較深的體會，我剛剛考上大學的時候，在一個聚會上某個前輩向我提出了這麼一個問題：「兩條平行的直線能不能相交？」如果我向你提出同樣的問題，你會怎麼回答呢？那時我的回答非常明確：「肯定不會相交。」接著那位前輩又問了：「那麼無限延長會不會相交？」我的回答還是一樣：「再怎麼無限延長，兩條平行線是不會相交的。」

　　「操場上的陽光是平行照射的吧，那這些陽光是不是從太陽的一個點中射出來的呢？反過來看，沿著平行照過來的太陽光線無限延長，會不會相交在太陽的某一個點上呢？」

　　說完這句話，前輩又給我講了幾個故事。我雖然對那「令人頭痛」的太陽光線沒有興趣，但卻始終堅持兩條平行的直線是不可

能相交的觀點。這時，那位前輩講了一句讓我記憶深刻的話：

「沒有一個人曾畫過無限長的平行線。無限與有限是不同的概念，即使在有限的空間裡平行線不會相交，那也不能說明在無限的空間也不會相交呀。」

確實是這樣，「無限」和「有限」是不同的概念。事實上我對無限毫無瞭解，卻貿然去評論它。

記得有這麼一個典故，有一天，有個弟子向孔子提出了這麼一個問題：「人死後的世界是什麼樣子的？」孔子回答說：「人活著的時候都沒有弄明白，怎麼會知道世界的事情呢？」 我平時都習慣於模糊的思維方式，說話時總是把不知和已知混為一體；有時連問題的實質都沒有掌握，就去解答問題。最近我又經歷了類似的情況，一個朋友問了這麼一個問題：

> **人們經常根據表面的數據進行計算，卻不願意分析清楚。**

故事 **12**

比較大小

「17的82%和82的17%哪個較大呢？」

　　我想了半天，也沒有找出確切地答案。你有正確的答案嗎？大部分人都對百分比有所瞭解，而且也非常清楚百分比符號的意義。但很少有人會輕鬆地比較出「17的82%和82的17%」的大小，即使很多人都知道17的82%是17×0.82，82的17%是82×0.17。

　　在這裡給大家講一個故事，希望你能為故事裡的主人翁蘇丹解決他的煩惱。

故事

蘇丹的政策

　　古時候阿拉伯有一個國王，他希望自己的王國有很多女人，就是說他要他的國家女人比男人多。國王深思熟慮之後制定了這麼一條法規：「任何一對夫婦只要生下男孩子就不能再生育。」按照蘇丹的想法，這樣下去就會有多生女兒多的機會，而不會有兩個兒子的家庭，所以自然而然地女人的數量會超過男人的數量。蘇丹的這個政策會有效果嗎？能如蘇丹所希望的那樣，他的國家真的會女人比男人多嗎？

我們的周圍經常會發生超過我們的想像和常識的事情，這是因為我們的思考不是很嚴謹。通過這個故事，我們就能領悟到粗略的想法和嚴謹具體的想法是有差別的。簡單來想，正如蘇丹希望的那樣，他的國家的男人會越來越少，而女人會越來越多；但事實上蘇丹的政策是沒有效果的，實施這個政策是無法增加女人人數的。

我們可以這麼去分析，不過前提是男孩子和女孩子的出生概率各自都是二分之一。假設蘇丹的國家中有100個家庭生了孩子，由於男女出生的概率都是二分之一，因此50個家庭生了女兒，而生了兒子的那50個家庭不能再生育。再假設50戶家庭生第二個孩子，按照出生概率有25家生了女兒，25家生了兒子。按照以上的推理，每一種情況之下生出來的男孩子和女孩子人數是一樣的，其結果就是男孩子和女孩子的人數始終是一樣。換句話講，由於男孩子和女孩子的出生概率都是二分之一，出生的新生兒中男孩子和女孩子的比率是一樣的，因此蘇丹是不可能如願的。

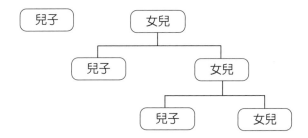

營造幸運

當你關注種種小事情的時候，幸運會悄然來到你的身邊；

當你怠慢種種小事情的時候，不幸會偷偷降臨到你的頭上。

————威廉·布施（Wilhelm Busch）

幸運的真實性

故事

關於幸運的實驗

　　有一個人專門研究幸運的真實性。有一次他聚集了100位平時覺得自己非常幸運的人組成了一組，還聚集了100位覺得自己很倒楣的人組成了另外一組，然後做了一些有趣的實驗。第一個實驗是擲銅錢，他讓兩組人擲銅錢，擲出正面多的一組將得到勝利。你覺得哪個組擲出來的正面會多呢？實驗結果是，兩個組擲出的正面和反面的出現率幾乎相同。實驗進行了很多次，但結果都是一樣。第二個實驗是擲骰子，兩組的人都要擲骰子，擲出來的點數之和高的一方贏。你認為哪一方會贏呢？哪個組的點數更高呢？平時運氣好的人是不是能擲出更高的點數呢？事實是，擲出來的結果是差不多的。通過這些實驗我們得到如下結論：

　　「運氣不是擲銅錢或者擲骰子遊戲。」

　　每個人都夢想著成功，因此都希望從成功者身上尋找成功的祕訣。而如果讓那些成功人士講述他們成功的歷程，他們會說自己是付出了多少努力和心血。渴望成功的人很容易追隨成功人士們的步伐，因此會按部就班地學著成功人士的奮鬥經歷，他們覺得

連睡覺都是多餘的，為了成功，他
們努力挑戰人類的極限。但挑戰人
類的極限是一件非比尋常的事情，
如果健康狀況不是很好，那將是難

所謂成功的人都是非常認真努力過
的人，但並不是說每一個認真努力過
的人都能成功。

上加難。人們往往不去考慮挑戰人類極限的困難，卻歸咎於自己
沒有成功的資格，因此放棄努力。就因為這樣，他們離成功越來
越遠。

　　**所謂成功的人都是非常認真努力過的人，但並不是說每一個認
真努力過的人都能成功。**而那些「只有挑戰人類極限才能成功」
的觀點，肯定是那些成功人士誇大了自己的經歷；也有可能是那
些渴望成功的人由於求功心切，高估了所謂的成功人士。為了成
功付出努力肯定是必要的，但成功並不會與你的努力成正比。要
成功除了努力之外還有很多必要的因素，並不是僅僅依靠努力就
能讓你成功的。那麼成功的因素有哪些呢？為了實現自己的願望
需要做些什麼？

　　湯馬斯・愛迪生（Thomas Edison）曾說過：「99分的努力和1
分的靈感造就了天才。」愛迪生的這番話是強調了努力的重要
性，但可以看得出努力並不是成功的100%。使用「靈感」這個
辭彙時，往往使用「賦予靈感」這樣的表現方式。英語單字中
「靈感」是這樣拼的：inspiration，而它的來源是拉丁字
inspirare，是「吹入」的意思。意思是「靈感」是神靈吹入到人

人們認為運氣是不可控制的，而且是不可預知的；因此都懶得提起關於運氣的話題。

們腦袋中的「領悟」。因此，「靈感」是來自超越人類界限的神聖領域，是神賜予人類的禮物，這個「靈感」就是運氣。

愛迪生的名言主要是強調了努力的重要性，因此很多小學生都在學習其中的真諦。但愛迪生的名言中值得注意的是，努力並不是占100%的觀點。用其他語言解釋，就是「成功是由努力和運氣組成的，但努力占的比率更多。」努力肯定比運氣更重要，但不能藐視運氣。正如愛迪生所表現的那樣，但運氣僅僅占1%，但根據狀況也可能占20%、40%。

有些人卻完全否定了運氣的存在，他們不願意承認運氣是成功的重要要素。他們經常說：「只要努力去工作，運氣自然會來。」「不要期待運氣的到來，成功是無條件地付出努力！」之類的話，這些也成為了他們的座右銘。其實，他們也知道運氣在成功過程中所占的地位，但始終不願意去承認它。他們明明知道運氣是成功的重要因素，怎麼只是一味強調努力呢？並且總是說「只要努力就有運氣！」這樣沒有責任心的話，迴避運氣的存在呢？那是因為他們認為運氣是不可控制的。

實際上他們也知道「運氣」的重要性，但總是在騙自己，並且常常提醒自己不要依靠運氣，要認真去努力；其實他們的內心也

非常渴望「運氣」的到來，只是不願意去承認而已。有些人認為盼望「運氣」的到來是非常不道德的行為，也有些人認為盼望「運氣」是一件傻乎乎的事情，他們經常說：「只要認真努力，運氣自然來。認真工作吧！」他們利用這樣的觀點去教育自己，也向別人灌輸這樣的思想，就像傳播道德或者信仰一樣。但「只要認真努力，運氣自然來」這樣虛無縹緲的觀點是非常模糊，而且毫不負責任的，那不是在向別人傳授經驗而是對別人不負責任的行為。由於自己對運氣的無知，一味否定了運氣的存在，而且對運氣毫不關心，還勸說別人不要去關心運氣，你的這些觀點和行為都是錯誤的。**那些無視「運氣」、對「運氣」漠不關心的人，幸運之神會離他越來越遠。**

　　大部分人都知道「運氣」非常重要，但經常無視它們，人們只是在強調努力，而對「運氣」漠不關心。他們無視「運氣」的理由是，「運氣」是無法捉摸的傢伙，因此人們往往不願意為追求「運氣」而付出努力。但我相信「運氣」是可以自己營造的，我也相信肯定有營造「運氣」的方法。

　　這個世界有時候就很不公平，有些人經常「運氣」差，而有些人卻始終「運氣」很好。如果說我們對「運氣」毫無辦法，那麼所有人得到的運氣就應該平等；但事實卻不是這樣。所以我相信這樣的現象肯定是有原因的。

我相信肯定有營造「運氣」的方法！

「怎樣做才能行好運呢？」

「運氣總是好的人和運氣總是差的人，有什麼差別呢？」

為了回答這個問題，我們再研究一下「運氣」的基本性質。

「運氣到底是什麼？」

正如前面所講述的故事14一樣，「運氣」絕對不僅僅是擲骰子的遊戲。如果「運氣」是擲骰子的遊戲，那麼應該對每個人都要公平，因為每個人擲骰子擲出高點數的概率都是一樣的。但「運氣」不是這樣的，有些人始終「運氣」好，而有些人卻總是那麼倒楣。有那麼一些人即使不付出多大的努力也會事事如意，這些人的周圍經常伴有運氣；而有些人辛勤地努力工作，得到的卻太少，「運氣」往往跟他們擦肩而過。看看周圍的那些幸運的人和倒楣的

> 「運氣」不是擲骰子遊戲。
> 有些人經常運氣好，而有些人卻經常運氣很差；從這一點可以證明我們自己能夠營造幸運！

人，我們完全可以肯定「運氣」不單純是擲骰子遊戲。但大部分人沒有意識到這一點，他們堅持「運氣」是擲骰子或者擲銅錢遊戲，因而都不願意去想自己能夠營造「運氣」。可笑的是，他們經常說那些運氣好的人是「命好」或者「天生就運氣好」。

「運氣」是可以自己去營造的！

那麼我們該怎麼做呢？首先要做的是要關注「運氣」。這裡所說的關注，並不是「張大嘴等著從天上掉下餡餅」。恰恰相反，

「運氣」是要我們自己去營造的，如果想成為運氣好的人，應該要去學習關於它的一切，並且必須要有關注的姿態。正如從成功人士那裡學習他們成功的要素那樣，首先要從運氣好的人身上尋找要學習的東西。我們可以比較「好運」的人和「倒楣」的人，從中發現他們之間的差異，並且要像「好運」的人那樣去行動，那麼幸運自然會悄然靠近你。

我經常與別人談論關於「幸運」的話題。我會問：「怎樣做幸運會來找你？怎麼做會改善運氣？」對我的問題，他們會講一些自己親身的經歷或者從別人的經驗中學來的東西，或許是一些關於態度的故事，或者是關於習慣的故事。雖然那些人自己也不相信那些離奇的故事或者對能夠營造運氣的事實保持懷疑的態度，但他們卻講述得栩栩如生。那麼你是怎麼想的呢？你相信能營造幸運嗎？

> 一個人的想法可以決定那個人的行動和命運。
>
> 我們可以通過思考營造運氣，多動動腦筋可以改善運氣。

我相信**一個人的想法可以決定那個人的行動和命運**。我認為一個人的思考方向就會決定那個人的人生方向，所以我建議大家一起學習，通過學習讓我們認識思考力和創意力的真正含義。我還相信可以通過我們的思考去營造「幸運」，我始終認為，多動動腦筋會改善「運氣」。

在這裡，我希望「幸運」經常陪伴你；也期盼你行好運。趕緊

去尋找改善「運氣」的方法吧！你要去擬訂你自己的幸運法則，讓「運氣」為你工作，這樣你就會幸運的。

肯定有運氣好的傢伙

蒙提‧霍爾的問題

　　假設你去參加了一個電視益智節目，你成了最後勝利者，而且有機會去贏取一輛跑車，但面對最後的選擇，你必須要與「幸運」賭一把。你的前面有三扇關著的門，你只要打開其中的一扇門就可以開走你心儀已久的跑車，但機會只有一次，另外兩扇門後面是三輪自行車。

　　你按照主持人的規定，選擇了一扇門，這時卻出現了讓人頭痛的問題。為了讓那些每周都關注節目的數百萬觀眾更加緊張，主持人打開了一扇門，當然那扇門後肯定不是跑車。然後他又問你是不是要改變選擇。

　　「現在你是更換選擇？還是堅持你最初的選擇呢？」

　　現在面臨了選擇時刻，你會改變你的選擇呢？還是堅持你最初的選擇呢？你的選擇會是什麼呢？

　　這個故事是美國NBC電視台的著名電視益智節目主持人蒙提‧霍爾向那些「幸運」的人提出的問題。這個節目長時間吸引著觀眾的目光，其間有很多人正如你一樣面臨了抉擇，而且大部

分人都不會改變選擇。後來採訪他們的時候才瞭解到，很多人都有這樣的想法：「如果因更換了選擇幸運沒有了，會多麼可惜呀！」

當你面對蒙提・霍爾提出來的問題時，會怎麼回答呢？你會改變你的選擇嗎？還是堅持你的選擇呢？我經常問別人，如果他們面對這樣的問題會怎麼去做？大部分人也都認為「如果更換了最初的選擇，卻從最初選擇的門裡開出了跑車，豈不惋惜！」這是絕大部分人的想法。但果真是這樣嗎？

蒙提・霍爾的問題也許看上去就像在期待「偶然」，但在這種情況下其實是可以營造幸運的。你碰到這樣的問題就應該勇敢地改變選擇，這樣你猜中漂亮跑車的概率會增加2倍。

我們先想想你堅持最初選擇的時候，得到跑車的概率：如果汽車真的在那扇門後面，那麼剛開始汽車就應該在那裡，所以你猜中的概率是三分之一；但如果後來更換選擇的話，你選中的概率就會變成三分之二。那是因為主持人已經讓你知道了哪一扇門後面沒有跑車，因此那扇被主持人打開的門所擁有的三分之一概率，轉移到了另外一扇門中。

• 如果主持人任意開了一扇門，那麼剩下的兩扇門後有跑車的概率各自是二分之一。

• 除了最初選擇的那扇門外，其餘兩扇門中，主持人開了沒有跑車的門的話，我最初選擇的那扇門的概率還是三分之一，而其

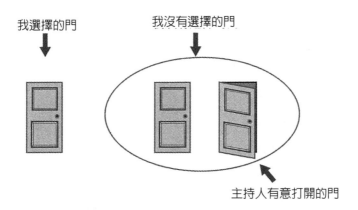

我選擇的門　　　　　　　我沒有選擇的門

主持人有意打開的門

他沒有被開啓的門的概率卻是三分之二。

　　爲了幫助你的理解，我們可以想像有100扇門，那麼你會選擇其中的一扇門，而主持人會大開98扇門，只留下一扇門。他還是會問你：「要更換選擇嗎？」如果你還是堅持最初的選擇，那麼你選中的概率是1%，更換選擇則是99%。

　　這就是差異所在。如果主持人先打開98扇門後，再讓你去選擇，那麼你選中的概率將是50%。但，在你已經選好之後，主持人再打開其餘門後沒有跑車的98扇門，只留下了一扇門，那麼剩下的那扇門選中的概率是99%，而你選擇的那扇門選中的概率肯定是1%。

　　• 主持人先任意開一扇門和有意圖地開沒有跑車的那扇門，情況肯定是不同的。

關於蒙提·霍爾的故事，我與很多人討論過。討論過程中讓我印象最深刻的是，人們大部分都不願意更換最初的選擇，比率超過了90%以上，你相信嗎？我所見到的人們當中，有90%以上的人都沒有改變他們最初的選擇，90%以上的人們都是被「更換選擇後如果運氣，飛走了豈不是很可惜？」這樣的想法所支配著。

這一點可以說明有很多人面臨變化的時刻會感到畏懼。**面臨變化的瞬間，應該要充分考慮和衡量得與失，從而往有利於自己的方向進行合理的判斷。**但絕大部分的人不是這樣的，因為他們怕失去什麼，從而丟失變化的機會。到了後來他們就會埋怨說：「如果當時我改變了選擇，那麼現在我該……」這樣的事情並不一定只發生在別人身上，也許你也會埋怨，也許我也會埋怨。

我認為運氣在人生中占有的比重相當大。人生肯定是付出正當努力的結果，但運氣也是無法忽視的。難道你不同意我的想法嗎？

> 90%以上的人都會被「如果因更換了選擇運氣飛走，那是多麼可惜呀！」的想法所支配著。
> 面臨變化的同時，要充分考慮到會帶來的得與失，並且往有利於自己的方向進行合理的判斷。但大部分人都會被那「失」所支配，丟失變化的機會。

我們對運氣的錯誤認識中，占最大部分的是我們自己的觀點，就是「我們自己對運氣沒有任何辦法」。我認為幸運是可以營造的，經常盼望運氣好的人和對運氣漠不關心的人，肯定是有差異的。

　　剛開始僅僅認爲蒙提‧霍爾的問題只是與擲骰子遊戲類似，但事實上並不一樣，肯定有更爲有利的解決方法。關於蒙提‧霍爾的故事，我們何不改換焦點去接近它呢？我們可以感性地去體察這種狀況；我們應該多關心主持人的想法：電視益智節目主持人蒙提‧霍爾，是給那些勝利者提供再一次選擇的機會。主持人是希望勝利者們用自己送給他們的額外機會猜中跑車呢？還是希望他們猜不中呢？蒙提‧霍爾肯定希望幸運者們能夠猜中跑車。如果因爲蒙提‧霍爾，讓幸運者丟失了猜中的機會，那麼觀衆會不喜歡蒙提‧霍爾，這不是節目製作人所希望的。相反地，節目的製作人希望勝利者幸運中獎。

　　當然這只是我個人的推理，也許情況有所不同。如果是這樣想問題，那麼對蒙提‧霍爾問題的判斷，我們不僅僅是用上了個人理性化思考，而且還加入了感性化思考。這種感性化思考是通過與主持人的感情交流形成，所以感性的接觸是可行的。面臨選擇時，人們可以通過觀察主持人的臉部表情和眼睛、鼻子、嘴等器官的活動，得到更多的判斷依據，就可以找到提升幸運的概率。

　　幸運就是這樣。人生是選擇的延續，就像二選一那樣，單純依靠運氣進行選擇或者進行溝通，但有時候會存在更有利的東西。單純做選擇的人和希望選擇更有利因素的人是有差別的。

　　「擲一個骰子，會出來什麼點數呢？」「擲兩個骰子，點數之和是幾呢？」這兩個猜測是有差別的。第一個賭注是從1到6之中的

一個，而第二個賭注不單純是從2到12中的一個。我們可以發現，選擇6、7、8比選擇2、3、11、12更有利，肯定會是這樣的。

有些人懶得提關於運氣的話題，也有人認為：「認真做自己分內的工作，認真地生活，運氣就會來臨。」但如果這是他們這些人的幸運法則，也許對他們來說是千古真理。如果說：「期盼運氣是不好的！」那麼這對自己實在是太無責任心了。我希望你好運常伴，希望今天也是幸運的一天。

個人的理性化思考上，可以加入通過與主持人的感情交流形成的感性化思考方式，這樣可以找到提高幸運概率的方法。

幸運法則

關於20：80法則的故事

1. **百貨商場**：百貨商場銷售額的80%來自20%的顧客。掌握這種規律的百貨商場，除了對整個顧客群體的服務之外，格外注意對那20%顧客的特殊服務。

2. **宿舍**：100名學生一個星期平均喝100瓶啤酒，其中有20名學生喝掉了80瓶。宿舍前面賣啤酒的商店，在這100名學生中與那20名學生格外親近，而宿舍管理人員卻專門制定黑名單管理那20名學生。

3. **理查・柯克（Richard Koch，《20/80法則》的作者）**：畢業於牛津大學的理查・柯克在學校的時候就已經領悟到了20：80法則。他發現考試試題的80%出自考試範圍20%的內容中。他集中復習這20%的內容，所以考試成績非常優秀，而所用的時間和精力卻比別人少很多。

原因和結果、投入和產出、努力和成果之間有一種不均衡，這種不均衡關係的數值表現就是20：80法則，原因的20%創造結果的80%。如果要介紹20：80法則，可以用以下圖片來表現。

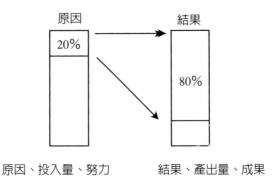

原因　　　　　　　　　　　　結果

20%

80%

原因、投入量、努力　　　　結果、產出量、成果

20：80法則早在一百年前，被義大利經濟學家維弗雷多・帕雷托（Vilferdo Pareto）廣爲認知。雖然有些人並不知道20：80法則，但他們往往通過經驗發現了原因和結果之間存在一種不均衡關係的事實。很少有人知道20：80法則會給你帶來多大的幸運，不過我個人非常喜歡20：80法則。

不久前我在報紙上看到過這麼一篇文章。根據統計部門發布的「2001年結婚、離婚統計結果」，去年一年當中全國有32萬對新人結成夫妻（平均一天877對），而有13.5萬對夫妻離婚（平均一天370對）。就是說三對夫妻中有一對離婚。」如果只看報

20：80法則是關於幸運的法則。

紙上記載的統計結果，已婚男女三對中就有一對以上離婚。但我們觀察自己身邊的朋友或者熟人，真的有三分之一離婚了嗎？其

實並不是這樣的。

人們的感覺往往和統計資料是不同的，那麼是統計出了問題了嗎？也不是，而是對統計結果的解釋錯了。如果按照20：80法則，可以說「離婚者中的20%占去了全體離婚個案的80%。」換句話說，離婚一次以上的人重複了結婚離婚的過程，所以統計資料中表現的離婚率和一般人感知的離婚率有所不同。犯罪也是一樣的，全體犯罪的80%來自全體罪犯的20%之中，新聞中經常看到有八次前科或者九次前科的罪犯，恰恰是這些人造成了犯罪率的增加。

20：80法則與自然法則一樣，可以應用在大部分的現象中。另外我喜歡20：80法則的最大理由就是，它正是幸運法則。我們一般認為「種瓜得瓜，種豆得豆」，付出了50%的努力，就能得到50%的結果，只是在強調努力學習。但這種固有的想法與實際情況是不同的，事實上，20%的原因決定80%的結果。這個法則並不只適用於工作或者經濟活動中，它是適用於人們所有生活範圍的法則。

正是20：80法則讓IBM成為了跨國際的大企業。IBM在1963年發現，使用電腦時，人們用80%的時間使用20%的運用程式。後來他們開發出了能夠方便地使用那20%運用程式的軟體，並且得到了巨大成功。由於有了IBM的領先創意，後來像蘋果（Apple）、蓮花（Lotus）、微軟（Microsoft）等企業，也按照這個法則

經營企業。

　　你的人生中也隱藏著這樣的法則。**你付出的努力中，20%的努力創造了80%的結果**。今天也是一樣，你用20%的時間創造了你所想要的80%的結果，如果能開發出那20%的有限因素，減少那80%的多餘，那麼這個法則將成爲給你帶來幸運的希望工具。你要找到那20%，然後集中到那20%上。

　　我們可以這樣試試看：**不要一味提高努力的平均水準，而是集中去尋找要努力的地方，然後在這上面付出更多的努力**。不要無條件地付出努力，應該要尋找集中努力的核心；不要去追求所有的機會，我們應該減少無謂的努力，尋求能夠創造80%結果的那20%。

　　其實幸運就是這樣去營造的。

在你的人生中適當使用20：80法則吧！

為什麼創意能力是重要的關鍵詞呢？（三）

我們再談談傳統觀念。人們常常說放棄傳統觀念，但傳統觀念並非一無是處，我們保留傳統觀念是因為，它們對我們非常有利而且非常必要。早晨上班的時候，我們不會擔心怎麼去公司，那是因為我們今天也要走昨天走過的路，只要按部就班照昨天所做的就可以了。

所謂傳統觀念就是我們自己擬訂的標準框架，它使我們的生活更加方便。反覆做同樣的事情時，不用每次都要考慮如何去做，而是按照以往的方式去做就可以了。有時候我們會把過去的經驗和教訓保存起來，然後在需要的時候拿出來用。

但在現代社會中，僅僅利用這個標準框架是不可能的。因為現今的變化非常快，出現在你面前的「今天」與「昨天」完全不一樣。即使是同樣一件事情，昨天的條件和今天的條件會有所不同，因此處理方法也會不同；所以需要一些新的處理方法。但人們往往因為是與昨天同樣的事情，就從昨天的標準框架中拿出解決方法；結果往往會失望，因為用標準框架中拿出來的方法是無法做好那一件事的。通過這樣的經歷，我更加深刻體會到創意能力的重要性。

沒有不可能的事情！

人生最快樂的事情，就是把別人看似不可能的事情完滿地完成！

———白哲特（Walter Bagehot）

肯定有方法的！

故事

小賣店裡的可樂

　　有個小賣店可樂10塊一瓶，而且可以拿兩個空瓶子免費換一瓶。如果你有100元，你最多能喝多少瓶呢？

　　很多人都認為最多可以喝19瓶，但其實我講這個故事的主要意圖，是想告訴大家可以喝20瓶可樂的事實。這個故事的焦點並不在於單純的計算上，你應該想想如何才能喝到20瓶可樂？

　　我經常對那些碰到困難的人講述這個故事。如果想在生意場上取得成功，往往需要把不可能變成可能，去完成別人都束手無策的事情，從中得到巨大的成功和金錢上的利益。在那些一般性的、容易預測的事情上，我們不可能取得巨大的成功。

　　英語中有「blue rose」的說法。玫瑰的顏色主要有紅色或者白色，事實上是沒有藍色的，因此英語中的「blue rose」主要是表達「不可能」的意思。我第一次聽到這個說法是在上大學的時候，我想把不可能轉變成可能。我在水罐中放入水，然後滴入藍色墨水，再放入白色玫瑰，藍色墨水漸漸滲透到白色玫瑰的花瓣中，一天之間，玫瑰變成了藍色。興奮之餘，我對朋友們說：

「天底下沒有不可能的事。」這件事情我還記憶猶新。

我相信「天無絕人之路」這個道理。我經常看到那些從前認爲無法解決的事情，現在一一被解決。認爲不可能是因爲我們自己的想像力不足，當你覺得不可能，覺得束手無策的時候，你可以再挑戰一次，或許那正是機會來臨的時刻。

> 當你完成別人都束手無策的事情時，會得到巨大的成功和金錢上的利益。

重新回過頭來再看看上面可樂的故事。用100元可以買10瓶可樂，那麼就會有10個空瓶，用這10個空瓶可以換取5瓶可樂。然後再用5個空瓶去換可樂，就會有2瓶可樂和一瓶空可樂瓶。喝完了2瓶可樂，就會有3瓶空可樂瓶，再用兩個空瓶去換一瓶可樂，那麼最終會有兩個空瓶，也就是說還可以多喝一瓶免費的可樂。

這是一般性的思考方式，答案是能喝19瓶。現在你還想多喝一瓶嗎？喝完最後一瓶可樂就會有一個空瓶，這個時候需要比較積極的行動。你可以到小賣店老闆那裡，賒帳買一瓶可樂，前提是答應老闆馬上支付可樂費。當你喝完了可樂，再加上以前的一個空瓶，就有兩個空瓶。那麼用這兩個空瓶去換取一瓶可樂，並用這個去償還欠小賣店的可樂費，就這樣你可以喝到20瓶可樂。

除了賒帳購買可樂之外，根據實際的情況還有很多方法。例如，你可以向你的弟弟提議：「想喝可樂嗎？我去幫你買。」你的弟弟會覺得：「今天大哥是怎麼回事？怎麼會對我這麼好

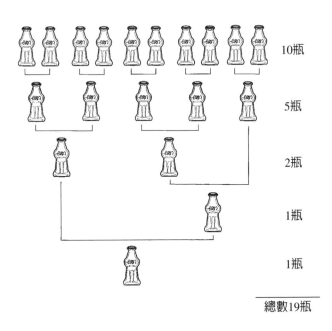

10瓶

5瓶

2瓶

1瓶

1瓶

總數19瓶

呢？」 當你去幫你的弟弟買可樂的同時，你也可以多喝一瓶可樂。首先用弟弟給你的錢去買一瓶可樂，喝完後你的手裡會有兩個空瓶，這樣你就可以去換一瓶可樂給你的弟弟。只要你積極去想，方法是總會有的。

每當我說：「我可以喝20瓶可樂。」別人都會覺得我算錯或者在說謊，等我講述用賒帳的方法多喝一瓶可樂的時候，他們才會恍然大悟：「原來有這樣的方法呀！」所謂「難事」就是這麼一回事，即使是那些覺得真的毫無辦法而感到絕望的事情，只要你再多想想，再努力尋找別的方法，你就會發現原來還有很多方法

可以讓你「烏雲散盡」。

要銘記，**只有將不可能轉化為可能，才能得到巨大的成功**。因此請你不要放棄你所面臨的不可能，應該努力把它轉化為可能，不要學那些心懷不軌的人，用錢去收買別人或者採用不正當的方法，我們應該心懷坦蕩地用嶄新的想法和與眾不同的眼光去解決問題。你要把你的努力和想法都傾洩到新的挑戰中。如果克服面臨的困難去解決不可能，那麼巨大的成功會等著你。

覺得不可能是因為你自己的想像力不足。

啊！原來有這樣的方法！

故事

雙胞胎兄弟

大明和小明是雙胞胎兄弟。大明比小明早出生15分鐘，但小明的生日是兩天前，而今天卻是大明的生日，這到底是怎麼回事呢？

我很喜歡難題，我最喜歡的難題類型就是那些看上去沒有答案的問題。我們無法解答的難題，主要分兩個類型：第一種是有答案，但我無法找到答案；第二種是看上去根本沒有答案。我喜歡第二種類型的難題，雖然我無法解答，但當我聽到答案時就會感歎：「原來有這樣的方法呀！」我更喜歡能給我這樣感歎的難題。

前面講的「雙胞胎兄弟」問題就是那種能夠給我驚喜的難題。這個故事的答案是這樣的：

我們首先觀察一下這個問題的內容。這個故事中有兩個不可思議的疑點：一個是15分鐘前後出生的雙胞胎兄弟，生日怎麼會有兩天的差異；另一個是弟弟的生日比哥哥還要早。

為了解決這兩個疑點，需要確定兩個思路：

思路1：前後15分鐘出生的雙胞胎兄弟，生日相差兩天。

思路2：弟弟的生日比哥哥還早。

該怎麼去思考呢？什麼樣的情況下能滿足以上兩個條件呢？我們需要一一去分析。首先我們要去研究思路2，我們可以推論，雙胞胎兄弟的媽媽是在旅行中生下他們的；剛好那時越過子午線，由於子午線的關係弟弟的生日比哥哥的生日快。但這只是一種思路，可能存在其他的思路。

爲了滿足思路1中的條件，我們需要什麼樣的思路呢？雙胞胎的生日各自是2月28日和3月1日，而且出生的那一年2月份只有28天；而今年卻是閏年，2月份有29天。如果把前面兩個條件合二爲一，可以找到這個難題的眞實答案。

大明和小明是先後在子午線的東面和西面出生的。當時大明、小明的媽媽懷著孕乘坐郵輪去旅行，郵輪在經過赤道附近的子午線時，她剛好生下了雙胞胎。老大大明是在當地時間3月1日出生的，而老二小明則在15分鐘後越過子午線再生出來的，時間恰好是2月28日。而問題中的今年是閏年，2月份有29天，因此問題中的今天就是3月1日。

下面介紹一下幾個讓我感到驚喜的難題：

故事

七道難題

難題1　一筆遊戲

把下面的九個點用四條直線連接起來。不過要在筆不能離開紙面的情況下畫四條直線，而且任何一點都不能有兩條以上直線經過。（解釋 P.77）

```
●   ●   ●

●   ●   ●

●   ●   ●
```

難題2　電燈的開關

屋裡有三盞電燈，而開關卻在地下室。如果你只能進一次地下室，那麼你能辨認每個電燈的開關嗎？（解釋 P.77）

難題3　帶著黃金跑吧！

有一個小偷手裡拿兩塊黃金正被警察追趕。小偷跑到一座橋前停下了腳步，因為橋頭寫著這麼一段警告文：

「危險！體重超過80公斤的人過橋會導致橋面塌！」

小偷的體重是75公斤，一塊黃金是5公斤，如果兩塊黃金都拿著過橋，橋肯定會塌。小偷想了片刻，不利用任何工具大搖大擺地過了橋。小偷是利用什麼方法過橋呢？（解釋 P.78）

難題4　銅錢上的蒼蠅

有一些銅錢按以下模樣擺放著。有一隻蒼蠅落在了寫著「F」字樣的銅錢上，在不重複經過同一枚銅錢的前提下，蒼蠅能走遍所有銅錢嗎？（解釋 P.78）

提示1：蒼蠅只能左右上下移動，不能斜線移動。

提示2：仔細觀察下圖。

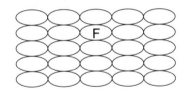

難題5　酒瓶裡的葡萄酒

形狀奇特的酒瓶裡裝有葡萄酒。有人拿了拿酒瓶之後就說：「葡萄酒剛好有半瓶。」他是怎麼知道這個形狀不規則的酒瓶裡剛好留有一半葡萄酒的呢？（解釋 P.79）

難題6　尋找假寶石

一個喜歡寶石的國王，在他的房間裡堆滿了寶石。正如下圖所示，每個箱子裡有10顆寶石，而且每顆寶石的重量都是10克。知道這個情況的小偷偷走了其中的一個箱子，然後又放回了一個一模一樣的箱子；這個箱子裡也有10顆寶石，只是每一顆寶石的重量只有9克。幾天後，國王從小偷那裡收到了一封信：

「如果你能解答以下問題，我就把寶石還給你。只用一次秤，找出裝有9克寶石的箱子。」

如果你是國王，將怎麼去解答這個問題？（解釋 P.79）

難題7　尋找規律

以下括號中的X是什麼數字？（解釋 P.80）

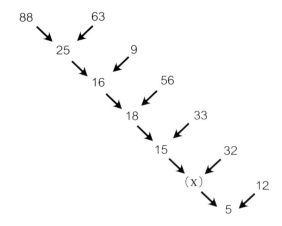

〔難題1　一筆遊戲〕

解釋：這個問題給我的印象很深刻。剛開始，我始終堅持說：「不能畫到點的外面。」是的，這只是我無理的辯解，事實上問題中根本沒有明確指出能不能畫到點的外側。那些沒有辦法解決問題的人，往往會製造問題中沒有的規矩。他們只是想圍著九個點畫一個四方形，然後在四方形裡面再畫直線，但這樣的制約條件是不存在的。問題中並沒有規定這樣的條件，人們往往用自己的經驗或自身的認識模式去製造制約條件。這與傳統觀念是一樣的。

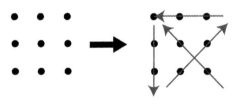

〔難題2　電燈開關〕

解釋：這個問題是我上學時，剛學完方程式後才聽到的。那時我認為方程式的個數沒有未知數的個數多，因此是無法解答的問題，這個問題肯定條件不夠充分，因此僅僅靠問題中羅列的條件是無法得出正確答案的。但許這就是這個問題的魅力所在。

電燈開關可以用以下方法辨認：首先在地下室的每個開關上都標好編號。到了地下室後先打開第一個開關，過5分鐘後關掉；接著打開第二個開關後，馬上跑上去摸電燈。熱的電燈是1號開

關控制的,而開著的電燈是2號開關控制的,自然剩下的就是3號開關控制的電燈。

〔難題3 帶著黃金跑吧!〕

解釋:雜技中有小丑同時拋接3個或者4、5個球的表演,而且不會落地,小偷就是利用小丑的表演技術順利地過了橋。一塊黃金在空中時,體重加上手上的一塊黃金剛好是80公斤;去接掉下來的黃金的同時,再拋出另一塊黃金。這樣他始終能保持80公斤的重量,可以安全地過橋。

〔難題4 銅錢上的蒼蠅〕

解釋:蒼蠅能不能在不重複經過同一枚銅錢的前提下,走過全部銅錢呢?為了解答這個問題,我們首先要把問題中的圖片簡單化,或者想像成其他構造的圖形。可以把每一個銅錢都看成是一個點,然後去考慮這幾個點之間的連接。可以參照提示2中的圖片。

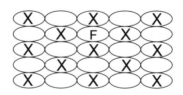

蒼蠅行進路線只能是從有X標誌的銅錢到無標誌的銅錢，或者從沒有X標記的銅錢到有標記的銅錢。就是說蒼蠅的行進路線上的銅錢必須是有X標記的和沒有標記的銅錢交替出現。有X標記的銅錢一共13個，沒有標記的是12個。如果把這13個有標記的銅錢和12個沒有標記的銅錢排成一排，前後兩端肯定都是有X標記的銅錢。所以從沒有X標記的「F號銅錢」上出發的蒼蠅是無法經過所有銅錢的。

〔難題5 酒瓶裡的葡萄酒〕

解釋：當他把酒瓶倒著放時，酒水位置剛好與原來放正時的水位一樣，這可以說明酒瓶裡的酒剛好是一半。

〔難題6 尋找假寶石〕

解釋：如下圖所示，給每一個箱子編號，然後從1號箱子拿出1顆寶石，從2號箱子裡拿出2顆……照這個方法按箱子的編號拿出同等數量的寶石，一共是55顆。由於其中一個箱子裝的是小偷換掉的9克寶石，所以55顆寶石的重量肯定比550克少。

假設，小偷換掉的是3號箱子，那麼那55個寶石的重量肯定是547克，少3克。因此只要算出55顆寶石的重量比550克少多少，就很容易得知哪個是小偷換掉的箱子。

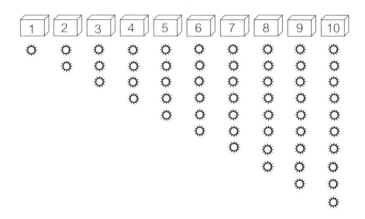

〔難題 7　尋找規律〕

解釋：為了尋找X，必須要找出整個問題的規律。最容易發現的一個規律就是，兩個數字的差是在箭頭頂端。但是中間16和56的箭頭頂端卻是18，這又與以上規律不符，所以要尋找其他的規律。但很多人都不願意去尋找其他規律，反而主張中間那個數字18是印刷錯誤。即使出題的人否定那是印刷錯誤，鼓勵他們繼續尋找新的規律，可是人們已經被曾經的主張迷惑，無法找到新的規律。事實上這個問題的規律就是，箭頭頂端的數字，是上面兩個數字拆開加起來的和。就是說88、63、25就是8+8+6+3=25。剩下的也是一樣，因此X處的數位是11。

看看你的周圍

一個人對過去和現在瞭解越少，他對未來的判斷就越
不確實。

———西格蒙德‧佛洛依德（sigmund Freud）

那個會導致什麼後果？

故事

漢江大橋和江南開發

漢城漢江上建了一座接一座的大橋。有一些聰明的人判斷將來江南肯定會發展起來，因此他們在江南購買土地；而有些人卻無動於衷。後來江南得到全面的開發，那些提前在江南買土地的人們賺了很多錢，而那些當初無動於衷的人卻說那些發了財的人是碰上了好運氣。雖然也有一些人本來在江南有土地，不費力地賺到了錢，但那些事先判斷江南會大開發而去購買土地的人發了更大的財。相反，那些對這一變化無動於衷的人卻感歎：「運氣好的傢伙就是不一樣！」他們只會羨慕那些運氣好的人，因為他們是沒有預測能力的人，他們根本不會去預測「那個會導致什麼後果？」

《聖經》新約裡寫到耶穌基督是亞伯拉罕和大衛的子孫，而《馬太福音》的第一章是從說明「誰生了誰」開始的，說明了大衛是亞伯拉罕的子孫，而耶穌基督是大衛的子孫。正如父母生兒女一樣，原因會導致結果，所有的事情都是有原因和結果的。看看歷史，我們就能一目瞭然地看到原因和歷史的種種聯繫。但人

們只能看過去，而看不到未來，因此無法判斷現在發生的事情的原因和結果。

假如我們事先知道了，結果就很容易與原因對上號，但得知結果之前我們只是知道原因。這時我們應該去考慮這個原因會導致什麼結果？我們要通過這樣的思考，要對未來發生的事情做出預測。

我們經常可以看到那些很不起眼的小事，到後來產生巨大影響，從而導致意想不到的重大事件。舉個例子，正是金屬活字印刷技術開啓了著名的文藝復興運動。約翰內斯・古騰貝格（Johannes Gutenberg）發明了金屬活字印刷術，他並不是什麼天才也不是什麼成功的企業家，但他所發明的金屬活字印刷術成為對人類文明發展影響最大的創舉，從而他也成為了人類歷史上影響力最大的人之一。

在那之前人們都是用手去寫書的，但自從金屬活字術發明後，可以大量印刷同樣內容的書。這個印刷技術的發明為《聖經》的廣泛傳播提供了必要的條件，並且也為馬丁・路德（Martin Luther）這樣的宗教改革家們提供了強力的支援，使他們的改革得到更大的成功。宗教改革在中世紀一千多年間，把人類文明和對人類文明的關注，從剛開始的神靈身上轉換到了人類自己身上，在人本主義的背景下開啓了文藝復興的時代大門。西歐歷史上最劃時代的時刻從此開始了。

　　現代社會的特徵是「快速變化」，要正確預測混沌的現代社會是不可能的。有個比喻：「北京的一隻蝴蝶扇動一下翅膀，會讓紐約颳暴風。」我們是生活在這麼一個混沌、而且不可預測的時代裡。但試圖預測和根本不想預測是有根本性差異的，雖然很難做到正確的預測，但能提高可能性的概率。我們不是在期待正確的預測，而是要提高可能性。

　　有一年大學入學考試非常難，卻導致了江南的樓價在那年冬天突然飆升。比利時的一個少年喝了可樂之後住院的消息一傳開，韓國那些生產非可樂飲料的企業股價節節攀升。這些事實我們都很難理解為什麼，但這些都是事實。

　　由於現代社會變化非常快，所以更加需要我們去預測和判斷變化的方向。現在你周圍發生的種種事情，會導致什麼樣的結果呢？你應該去預測一下「那個會導致什麼現象？」我們應該時刻想著這個問題，並且要比別人提前預測和行動。

容易把握機會的人：

他們往往會預測到因為那件事情會導致什麼樣的結果，因此能夠比別人提前採取行動。

把握不住機會的人：

自己不會去想或者不會預測，只會羨慕那些把握住機會的人。

能不能再多想一次

故事

要不要坐公共汽車？

等了很長時間的公共汽車，腿又疼又累。現在公共汽車終於來了，但裡面卻塞滿了人。很想找個位子坐下來，至少不想被別人擠來擠去，要去的地方坐車還要一個多小時，這麼長時間不想活受罪。公共汽車還有下一輛，但又不想繼續長時間等下去；而且也不敢保證下一輛公共汽車就不會很擠，也許會比這輛還要擠。

如果是你會怎麼做？是擠上這一輛車還是再等下一輛？

故事

公共汽車是開往哪個方向的？

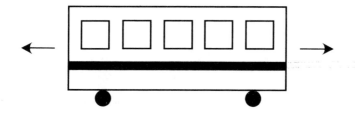

上頁圖片中的公共汽車正在行駛，那麼是開往右邊還是開往左邊呢？

現在是在講公共汽車的故事，希望不會有人跳出來說：「我只坐地鐵！」（開玩笑的！）我們周圍有很多人會說「是禍是福，聽天由命！」面臨選擇卻找不到判斷依據時，我們就會這麼說。**事實上那些我們「聽天由命」的事情並非我們想像中那麼糟糕，只要好好去觀察，肯定發現有利的一面。**可惜的是我們往往只會想「反正都一樣」，而且只想著逃避，嘴裡卻說著：「是禍是福，聽天由命吧！」

在你迷惑混亂的時候，這種想法也不失為一個選擇。不過仔細分析，它卻在阻礙你的進一步思考。如果你想營造幸運，就盡量不要有這樣的想法，有些想法會招來幸運，而有些想法卻製造不幸，你應該自己去判斷。

再回到前面公共汽車故事中。坐與不坐是個人的選擇，但完全不瞭解實際情況時做出的選擇，和深入瞭解情況後做出的選擇是完全不同的。在這個情況下，為了做出選擇，你首先要知道公共汽車經常堆在一起走的事實。這並不是什麼知識，只是一種常識；只要我們平時好好觀察公共汽車的運行規律就可以發現，兩輛公共汽車前後行駛的時候，由於前面行駛的公共汽車在車站載上了很多人，會耽誤很多時間而且時速也不會很快。因此隨後行

駛的公共汽車乘客會少一些，而且跑得更快一些；有時還有可能超過前面的公共汽車。所以等了很久才來的公共汽車如果人很多，那麼馬上會有比較空的公共汽車隨後而來。也許有時候會出現意外，但絕大部分情況都是這樣的。

那麼第二個故事裡的公共汽車是開往哪個方向呢？你是怎麼想的呢？你的判斷依據是什麼？不要像擲銅錢那樣，隨便選擇一個，應該多觀察、多想想。我們可以拿這輛公共汽車比喻當今社會，首先要觀察一下我們這個社會在發生什麼樣的事情，然後好好想想再去做判斷。答案是公共汽車往左行駛，那我們怎麼去判斷呢？判斷的依據就是公共汽車的門，公車的車門在右側，而前面的圖片當中並沒有看到公共汽車的車門，因此可判斷公車是向左行駛。

容易把握機會的人：
對某些事情先找出判斷的依據，然後再考慮。
把握不住機會的人：
沒有判斷的依據，只是用一時的情感去選擇。

為什麼創意能力是重要的關鍵詞？（四）

　　我們知道這個社會是依靠少數人的創造而發展，少數的人改變了這個世界，將來也是由少數人改變世界。我們每個人都想成為那少數群體中的一員，但這些人擁有什麼力量可改變世界呢？或許我們每個人的答案都不一樣，但可以肯定的是，一個人的想法決定著他的一切，重要的是他在想著什麼？

　　思考的技巧並不只適用於那些在研究所裡工作的人，生意場上的成與敗都是受決策者個人的想法所左右。決定生意成功和失敗的因素就是「想法」，並不是勞動或者金錢。口才好的人並不是因為他們的口腔結構特殊，如果想口才好就必須要有相關的想法；表達能力或協商能力突出的人，並不是通過某種技術方法來創造成就的，他們的成就都是源自於他們敏銳的觀察和領悟能力，以及能夠讓別人產生共鳴的話語，更重要的是他們的想法。一個人思維的方向將決定他的人生方向。

　　現在我們這個社會確實需要創意性人才。

想出富有創意的點子

為了富有創意的想法，我們要學會從側面想問題。

———亨利·龐加萊（Henri Poincare）

幽默和富有創意的點子

故事

幽默四則

幽默1　富翁的祕密

一個年輕人向老邁的富翁討教了成為富翁的經驗。

「嗯……大概是1932年吧。當時社會陷入了非常嚴重的恐慌中，當時我的手裡只有100元。我用這個些錢買了一粒蘋果，然後費了整整一天的時間擦亮了蘋果，到了晚上我以200元的價格把蘋果賣了出去。」

「第二天我用200元買了兩粒蘋果，認真擦亮了之後，晚上又賣了400元錢。」

「就這樣反覆了一個多月的蘋果買賣，最終我的手上有了100萬元鉅款。」

年輕人聽得津津有味，問到：「然後呢？」

老人說：「剛好那時我的岳父去世，卻給我留下了20億的遺產。」

幽默2　關於金錢的法則

〔定理〕拚命工作才能賺到很多錢。

證明

為了證明導入以下三個公理。以下三個公理都是眾人皆知的，因此證明可以省略。

〔公理1〕時間就是金錢。

Time is money: Time=Money

〔公理2〕知識就是力量。

Knowledge is power:Power=Knowledge

〔公理3〕自然界法則（物理公式）

$$Power=\frac{Work}{Time}$$

根據公理3，$Time=\dfrac{Work}{Power}$

把公理1和公理2代入到公理3中，

$$Money=\frac{Work}{Knowledge}$$

分母越小，分子越大，得出來的值就越大。也就是說越拚命工作得到的財富就越多。

幽默和創意能力本來就是同根生。有些女人用幽默感評價一個

男人，我覺得她們非常明智，她們在尋找的是可以創意性思考的男人。根據心理學家關於創造性思考進行的研究顯示，創意能力和幽默之間有著非常緊密的關聯。只要我們去想一想創意能力和幽默的屬性，就可以知道其中的原委：我們感到幽默是因為得到了意想之外的答案，擺脫了傳統的思維模式時，人們就會開懷大笑。幽默1就是一個好例子。

創造性想法是在一般性思維過程中，偶爾改變一下思維方向得到的結果。人們的思考有一種模式，一般性都有預想思考模式，這種預想思考模式形成了所謂的傳統觀念，並且架構了人們的認識框架。**嶄新的創意性點子是絕對不可能從傳統觀念和認識框架中產生。為了翻過這個認識框架，為了擺脫傳統觀念，我們有必要偶爾有意識地從一般性思考模式中跳出來。**

但並不是每一次的跳躍都能帶來富有創意性的結果。僅僅是跳出傳統思考模式是沒有什麼意義的，如果要讓你的跳躍有意義，首先要得到現存思考體系的認可。我們會經常聽到從「異想天開」到偉大發明的例子，但並不是所有的「異想天開」都有價值。所謂「異想天開」是意味著已經跳出了傳統思考的模式，但能夠把這個異想天開轉換成有價值的發明卻是另一回事情。不過可以肯定的是，為了得到嶄新的想法，必須要努力擺脫我們固有的預想式思維模式。

腦力激盪法（Brainstorming）中使用最多的就是「智囊團」的

第一原則「不要批判」。爲了跳出主導性思維，擺脫認識的框架，**智囊團的第一原則就是「禁止批判」**。

　　幽默2透過將一些完全不能融合的、完全沒有關聯性的事物適當地組合在一起，卻給人帶來了樂趣。嶄新的創意性點子中，有不少就是把那些本來毫無關聯的東西結合在一起創造出來的；幽默也是這樣。**智囊團的另一個原則就是，「通過誘導，把不同的意見組合或者結合在一起」**。

　　幽默會教你從傳統觀念中跳出來。

幽默3　蜘蛛的耳朵

　　有一個科學家進行了關於蜘蛛的實驗。他把蜘蛛放在桌子上，然後在很多人面前大喊：「快跑，快跑。」果然，蜘蛛開始跑了起來。而後，他弄斷了蜘蛛的腿再大喊：「快跑！快跑！」但斷了腿的蜘蛛一動不動。實驗結束後，這位科學家發表了他的實驗結果：「蜘蛛的耳朵在腿上。」

幽默4　手術室裡的兒子

　　兒子和爸爸同時出了事故雙雙送入醫院，不過是不同的醫院。兒子正躺在急救室的病床上，這時有個醫生進來看了看患者之後說，他不能給這個患者動手術，其原因是不能給自己的兒子動手術。到底是怎麼回事呢？

　　幽默3雖然是一個非常荒唐的故事,但這個故事卻給人們提示了一種資訊,那就是被自己的傳統觀念俘虜的人,即使進行了客觀性實驗,他的解釋也只能按照自己的思維而為。

　　沉浸在傳統觀念的人們,始終不願意客觀地看待周圍的狀況。他們強調自己的理論是非常論理化的,是一步一步沒有一絲錯誤而得出來的;其實那只不過是在辯解自己的傳統觀念罷了,他們一貫的特徵就是只想貫徹自己的主張。並不是只有科學家才有這樣的特徵,像精神科醫生就從來不治療自己親人或者好朋友,那是因為他對患者的熟悉會形成他的「固定觀念」,成為一種障礙,所以無法進行很好的心理治療。

　　幽默3是在教你擺脫固定觀念,幽默4則指責你的固定觀念,我們有「醫生是男士」的固定觀念。其實幽默4裡的醫生是兒子的媽媽,這是一個指責固定觀念的典型例子。

　　你將會發現幽默的另一個特性。你能不能想出符合這特性的創意性點子呢?創意性點子和幽默的最大共同點,就是都能給我們帶來快樂。

幽默和創意力能力本來就是同根生。

　　每個人的思維當中一般都有期待的模式,一旦跳過了這個模式,人們就會發出笑聲並且會得到創意性點子。

Flowers are red and green

Flowers are red and green

　　有一個對畫畫非常有天賦的學生，在美術課上以花為素材畫了一幅美麗的畫。老師稱讚了少年，同時給了他一個忠告：「孩子，畫得很好。但花要畫成紅的，枝要畫成綠的。」

　　少年在想：「彩虹除了紅色和綠色之外還有很多顏色，為什麼花和葉只能用紅色和綠色來畫呢？」

　　少年很想到花壇觀察花兒們的顏色，但老師再次給了學生忠告：「沒必要出去看，只要把花畫成紅的，把葉畫成綠的就可以了。」

　　少年只好遵從老師的話。從那以後少年經常用紅色畫花，用綠色畫葉。一年後這個少年轉學到了另一所學校。又是一堂美術課，老師還是誇讚了少年的畫，並且也給了一個忠告：「孩子，你的畫畫得真好。但為什麼所有的花都只用紅色，所有的葉都只用綠色呢？你可以去花壇看看，花並不都是紅色的，只要你能想像到的顏色都有可能是某種花的顏色。你為什麼不用你可以想像得到的所有顏色自由地去畫呢？」

　　幾天前，教會的牧師講了基督讓一個盲人重見光明的故事。基

督在盲人的眼睛上抹了一層泥後，再讓盲人去洗掉。盲人到西羅亞湖泊把泥洗掉後，可以看到這個世界了，但這時卻出現了狀況。偽君子們抓走了那個盲人，然後開始談論基督的罪名。他們給基督定的罪名是「在安息日裡做事」。即使是讓癱瘓者重新走路、讓盲人重見天日這樣的善舉，因為是在安息日裡做的，偽君子們咬定基督違反了「安息日不能做事」的律法，是有罪的。

然而這些人卻不知道為什麼在律法上規定安息日不能工作，他們根本沒有領會法律的宗旨。這個法律為什麼存在，為了誰，因什麼目的而存在，這些都不是他們所關心的事情。他們僅僅是崇尚律條上寫著的法律條例，他們並不是在守法，而是在盲目崇尚記載法律的文章。

我們在團體組織中也能看到一些「偽君子」，他們往往一味強調組織的法規或者規定，但從來不關心那個是什麼規定，為什麼而存在，他們的存在會讓我們喘不過氣來。或許我們自己在別人眼裡也是一個「偽君子」？

〈Flowers are red and green〉是心理學家哈利‧卻賓（Harry Chapin）寫的一首歌。我們離開了組織不能單獨生活，個人組成了組織，然而組織卻影響著個人的人生。個人富有創意的活動會成為組織巨大的力量，就而組織富有創意的氛圍會大大影響個人的想法和活動。

我曾經看過一部紀錄片，內容是關於古斯‧希丁克（Guus

Hiddink）教練對韓國足球的種種看法。人們都知道韓國足球的最大問題是「關鍵一腳的處理能力」。怎樣才能提高進球效率呢？希丁克教練給我們提出了解決問題的思路，就是必須在對方門前進行富有創意的戰術應用。但韓國的足球選手們缺乏的就是這種創意性戰術的應用能力。

為什麼韓國足球運動員會缺乏這種能力呢？根本原因會在哪裡呢？

我們可以在初中、高中的體育教育體系中找到原因。不僅僅是足球，所有的初中、高中的體育教育體系給我們的是什麼樣的印象呢？首先讓我們想到的是團體紀律和棍棒教育。這些初中、高中的體育教育體系中，有比軍隊更加嚴格的命令式組織文化，足球教育也不例外。嚴格的紀律和命令式文化已經根深柢固在這些體系中，很難期待會有什麼富有創意的文化存在。

一個組織的文化會給個人的想法和活動帶來非常大的影響。所以從這樣性質的組織中選拔出來的青少年代表隊、國家代表隊選手們，突然之間要他們富有創意性思維是不切實際的。

組織的創意性文化會給個人創意性思維的形成帶來非常大的影響。現在的學校在教育方面存在很大的問題。學校的宗旨是讓每一個學生學到一模一樣的知識，因此用同等的教學方法教所有的學生。但事實上沒有一個學生用同樣的方法學習，正如每個人的想法不同一樣，每個人的學習方式是不同的。

組織的創意性文化會給個人創意性意識的形成帶來非常大的影響。

你的一舉一動可能在營造著組織的文化，而這種組織的文化會對組織成員的個人思考方式起到比較大的影響。

另外在學校裡，經常對那些模範生進行讚賞和宣傳，而且老師會偏愛那些模範生，學生越多老師的這種偏愛越嚴重。這是因為老師為了教學的方便，更加呵護和偏愛那些智慧指數高的學生，因此那些嚴格遵守老師的紀律、遵從學校的規章制度的學生，往往會得到讚賞和優待。但那些富有創意的學生並不受到學校的歡迎，而且得到的是問題學生的待遇。一個老師同時教幾名學生時，那些思考方式與眾不同的孩子常受老師的指責。在這種紀律嚴格、統一管理的學校氛圍中，很難期待創意性文化的出現。

我們個人分別屬於很多不一樣的組織中，並在該組織中會起到一定的作用：起碼在家庭中，我們充當著家庭CEO或者其他重要角色，也有可能你會在某個組織中扮演舉足輕重的角色。這種情況下，你會給該組織的思維方式和行動方向帶來比較大的影響，你的一舉一動可能在營造著組織的文化，而這種組織的文化會對組織成員的個人思考方式起到比較大的影響。

你會用什麼顏色來畫畫？你會用紅色來畫花朵，用綠色來畫枝葉嗎？或是你可能會用其他顏色？或是你可能也會要求某個人一定要紅色和綠色？

到底什麼是創意能力？

希丁克和金秉址

　　雖然世界盃結束了，但韓國四強夢的實現和街上的紅色海洋，肯定會成為我們美好的回憶。希丁克教練的上任、友誼賽0比5的慘敗、一直萎靡不振的大賽前成績、希丁克教練非常有自信的那一句：「2002年6月是我們的最終目標。」應了希丁克教練的承諾，韓國隊破天荒地進入準決賽，這些經過和情景一個個都是非常愉快的記憶，是一些值得回味的記憶。

　　當是希丁克教練上任時，韓國足球存在著一些巨大的頑疾，其中最具代表性的就是「關鍵一腳的處理能力」。對方的進球看上去是那麼地輕鬆，而韓國隊雖然非常認真地跑動，並且也做出一些精采的傳遞配合，但始終是無法創造進球。真是讓觀眾又急又氣。

　　對「關鍵一腳的處理能力不足」問題，希丁克教練的解答是：「創意性的戰術應用不夠。」只要守門員和防守隊員們非常堅決地進行防守，攻擊隊員用一般的戰術是無法突破防線的。攻擊隊員要想突破防守、取得進球，是需要創意性的戰術應用，只有用對方想不到的戰術攻擊對方的弱點，才能把進攻轉化為進球。也

就是說，需要比對方搶先一步的機會把握能力。

談到「創意性的戰術應用」，你首先會想起哪位足球選手呢？我首先會想到的是守門員金秉址，我認為他是最有特色、最有個性的選手，他是一位能夠進球的守門員。但為什麼希丁克教練在世界盃期間始終讓他坐在替補席上呢？

那是在希丁克教練剛上任不久後發生的事情。2001年1月在香港舉行的嘉世伯盃，與巴拉圭的比賽上半場快要結束的時候，金秉址與在國內打聯賽時一樣，留著空門自己帶著球過了中央線，那就是他的「創意性踢法」。但在中央線上球被對方搶斷。這時球門是空著的，而且球又在對方的進攻隊員腳下，是非常緊張危險的時刻，幸虧防守隊員及時補防沒有進球，結束了上半場。到了下半場，希丁克教練就立刻更換了守門員，從此金秉址將近一年沒有再被選拔到國家隊。

希丁克教練不是非常希望自己的隊員富有創意嗎？為何又指責這麼有創意的球員呢？是因為那一次的失誤嗎？希丁克教練一直在說：「創意性踢法中出現的失誤是可以諒解的。」那麼為什麼偏偏指責做出「創意性踢法」的金秉址呢？

你認為創意能力是什麼？我在演講授課時，往往會給聽課的學生一些時間，讓他們想想這個問題。我是想給他們一點時間，讓他們自己為創意能力做個定義。關於「創意能力是什麼？」這樣

的問題，有些學生畫了這樣的一幅畫：

那個人對創意能力的定義就是這樣的。

「我們有把創意能力想成『？』的傾向，認為有與別人不同的想法、做與別人不同的行為就是創意。但僅僅『？』是不夠的，與普通人的想法不同、做一些不一樣的事，不一定都是好事不是嗎？為了讓異樣的想法和異樣的行為得到認可，應該用這些去營造更有意義的、以前沒有過的價值。因此，把「？」轉變成「！」就是創意能力。僅僅「？」是不夠的，應該從「？」出發，營造出「！」來。」這個學生的發言一結束，在座的所有人都熱烈鼓掌認同他的意見，我也沒有吝惜我的讚賞。

我們再談談關於足球的話題。在希丁克教練的眼裡，金秉址的「創意性踢法」是盲目與眾不同的舉止，就是說從「？」無法實現某種實際價值「！」。 我個人認為金秉址是非常優秀的選手，他的「創意性踢法」在國內聯賽中肯定會創造「！」，他肯定是能夠給觀眾新鮮感，而且能夠提高全隊士氣的球場主角。但希丁克教練的目標是世界盃的成績，目標定在世界盃上的希丁克覺得，富有創意的金秉址是一種危險因素。

　　不僅僅是足球，現代社會上所有的組織都需要「創意性踢法」，在多樣化的、變化多端的今天，「創意性踢法」肯定是公認的核心要素。但重要的一點是，**僅僅想一些異樣的想法、做一些異樣的行為是不夠的，應該把異樣的想法轉變成有意義的實際價值。**

　　你認為創意能力是什麼？

　　與眾不同的想法和行為，並不能都看做是創意能力。

　　這些與眾不同的想法和行為，要能夠創造出更有實際意義的價值，才算有意義。

與眾不同的時刻和與眾不同的點子

我沒有什麼特別的才能，我只是有很多好奇心而已。

————阿爾伯特‧愛因斯坦（Albert Einstein）

偶爾需要轉換一下焦點

故事

蒼蠅的旅行

　　兩個少年從相隔200公尺的地方騎著自行車面對面出發了。他們剛剛要出發的時候，一個少年自行車方向盤上的蒼蠅開始向對面的少年飛了過去，一到對面少年那裡，又馬上飛回第一個少年那裡，這樣一直重複飛行到兩位少年碰頭為止。兩個少年的速度是每分鐘100公尺的均速，而蒼蠅的速度是每分鐘150公尺的均速。請問蒼蠅飛行的總距離是多少？

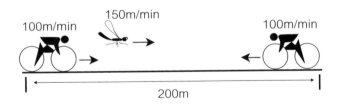

　　關於這個問題有一段有趣的軼聞。出生在匈牙利的馮・諾依曼（Jhon von Neumann, 1903-1957）是當代最著名的數學家，八歲就開始學微積分學，到了十幾歲已經在研究世界水準的課題，是一位二十三歲就拿到博士學位的數學天才，曾在普林斯頓高級研

究所裡與愛因斯坦一起進行過研究。

有一天馮・諾依曼收到了一個雞尾酒舞會的邀請。當馮・諾依曼出現在酒會時，一下子就有很多在場的數學家們聚到了他的周圍。這時有一個人向馮・諾依曼在內的眾位數學家提出了上面那道關於蒼蠅飛行距離的數學題。很多數學家們開始計算起來，或許有幾個好勝的數學家們在想：「要比那個最著名的數學家更快地解出答案，好讓別人刮目相看」。正當這些數學家們準備去解這道題目的時候，馮・諾依曼不假思索就說出了答案：「蒼蠅一共飛行了150公尺。」在場的人都被這一舉動驚呆了。

對這個問題，大部分數學家們都想去計算蒼蠅移動的距離。在兩輛自行車之間來回飛的蒼蠅，其飛行的距離可以用數學上的「無窮級數的和」（summing of an infinite series）來計算。就是說從最初的距離開始，把越來越短的距離相加起來，就可以得出蒼蠅的飛行距離。因此人們都認為，號稱「惡魔的大腦」的馮・諾依曼是用心算法把結果算出來的。但馮・諾依曼的解題方法卻非常簡單。

「解答這個問題時，你不要把問題看做是關於蒼蠅飛行距離的題目，而把它看做是關於蒼蠅飛行時間的題目，這樣會容易很多。兩輛自行車的行進速度都是100公尺/分鐘，由於兩個少年的距離是200公尺，因此所用時間是1分鐘。問題上說蒼蠅的飛行速度是150公尺/分鐘，因此蒼蠅飛行了1分鐘共150公尺。所以我一

聽完問題就知道答案了。」這就是著名數學家的回答。

人們往往有這麼一種傾向，把簡單的事情想成很複雜的情況。這件事情也一樣，有些人還是認為馮‧諾依曼是利用了「惡魔的大腦」算出「無窮級數的和」，雖然他們自己也不敢相信這是事實。

馮‧諾依曼是把距離的問題轉換成時間的問題，從而輕鬆地解出了答案。**我們有時需要一些全新的視角去看事物。只要轉換一下焦點就能很容易解決的事情，卻想得過於複雜，總是解決不了。**焦點的轉換，需要一些勇氣和意識上的努力。為了從主導性的想法中跳出來，尋找新的突破口，需要做一些不同角度看問題的訓練。只朝著一個方向，去尋找全新的解決方法是比較難的一件事情。轉換焦點後有了不同的觀點時，就可以擺脫以往的界限，可以發現新的想法和前景。

我還想介紹兩個用轉換焦點的方法解決難題的故事。

故事

十億分之一秒的故事

在哈佛大學最初用MARK 1號電腦開發程式的資深程式師葛利

斯·哈伯（Grace Hopper）面臨了這麼一個問題，她得向那些非專業的電腦使用者說明「十億分之一秒」的意義。十億分之一秒是超級電腦內部計算最基本的時間單位。「怎麼樣才能讓人們更容易的理解這十億分之一秒的概念呢？」這使她非常苦惱。最終她把時間的問題轉換成了空間的問題，她想到了光在十億分之一秒內移動的距離。她在人們面前拿起了一條30公分長的繩子，然後對他們說：「這個就是十億分之一秒！」

故事 28

金納的疫苗治療

十九世紀的英國醫生愛德華·金納（Edward Jenner, 1749-1823）花了很長一段時間研究天花的療法，雖然他研究了很多病例，但總是毫無結果。後來他轉變了對問題的觀點，放棄研究天花的患者，重點研究從來沒有得過天花的人。他發現從事畜牧業的女人大部分都沒有得過天花，而且他還發現他們雖然都沒有得過天花，但卻得過與天花非常相似的牛痘。他也發現，得過牛痘的人已經對更危險的天花病毒產生了免疫能力。由於這個發現，金納發明了「種痘」的疫苗療法。

——摘自 《創意思考》（Creative Thinking）

焦點的轉換，需要一些勇氣和意識上的努力。

為了從主導性的想法中跳出來，尋找新的突破口，需要做一些不同角度看問題的訓練。

下面介紹兩個很有意思的難題，這兩個難題透過主導性思維是很難解決的。但如果轉變了觀點，轉換焦點，卻是一個非常容易解決的問題。透過這兩個難題，我希望你們能夠學到透過焦點轉換解決問題的方法和經驗。

故事

焦點的轉換

難題1　淘汰賽的勝利

有100名選手參加的網球淘汰賽中，到最後產生冠軍爲止需要多少場比賽？

難題2　葡萄酒和水

有兩個一樣大小的杯子A和B，杯子A中裝著葡萄酒，而另外一個杯子B裡裝的是同樣體積的水。從杯子A中舀一勺葡萄酒倒到裝有水的杯子B裡，充分攪拌，然後再從杯子B中舀一勺水放入到杯子A中。每次都是同樣的量，交換數次。那麼杯子A中的

水的量和杯子B中的葡萄酒的量，哪個會多一些呢？

水杯　（B）　　　　　　葡萄酒杯　（A）

〔難題1　淘汰賽的勝利〕

解釋：淘汰賽是一種每一場比賽都要有人被淘汰，最終只剩下一個勝利者的比賽方式。羽毛球或者網球運動中常見的一種比賽方式。

為了解答這個問題，你是否在擬訂100名選手的對陣表呢？如果是這樣，你已經陷入到主導性思維當中去了。請轉換一下焦點吧，如果不從其他角度去看這個問題，就不會有其他想法。

解答這個問題，不要只考慮以勝利者為基準的對陣表，應該轉換焦點到失敗者身上。所謂淘汰賽，是每一場比賽就有一個人被淘汰，而且最後勝利者只有一個，因此100名中除了一人之外的99人都在比賽中輸了。淘汰賽中只要輸一次就被淘汰，因此計算全部比賽場次時，只要考慮99名選手各輸一次的狀況就可以了。因此答案是99場。

全體參賽者100名＝冠軍1名＋淘汰者99名

➜ **任何一場淘汰賽中，所有被淘汰者都只輸過一次，沒有一個選手會輸兩次，也沒有一個選手輸了不會被淘汰。**

你也可以從勝者的觀點擬訂一個對陣表，但這個需要一個長而複雜的處理過程，雖然可以說，是用極大的耐心去解決問題，但更正確地講，是在用非常愚蠢的方法去摸索問題；如果把這個問題從失敗者的觀點去看，就可以迅速而簡單地得到答案。只要轉換焦點，就可以大大縮短問題的解決時間。

〔難題2 葡萄酒和水〕

解釋：如果一一去考慮每一次的交換過程，那麼要解答這個問題實在是非常困難。但我們可以先想想最終的狀況，剛開始水和葡萄酒的量是一樣的，即使到了最後，兩個杯子中混合物的量也是一樣的。杯子B中舀出水的部分，有杯子A中的葡萄酒來填補；相反地，從杯子A中舀出的葡萄酒部分，就有杯子B中的水來填補。因此最後杯子A中水的量和杯子B中葡萄酒的量是一樣的。

解答難題的時候，適當地將它轉換成比較容易思考的問題，這也是一種很好的方法。你覺得這樣的思維方式怎麼樣呢？

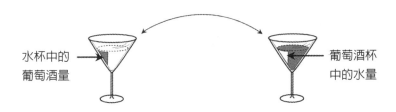

水杯中的
葡萄酒量

葡萄酒杯
中的水量

簡單的問題

　　有兩罐圍棋棋子，一罐是白色的，另一罐是黑色的，而且兩罐都是100顆。首先從白色棋子中拿出幾個放入到裝有黑色棋子的罐子裡，假設拿出了10顆。然後把裝有黑色棋子的罐子混合好之後，再拿出10顆棋子放入到白棋罐裡。這樣重複數次。最後比較一下，白棋罐子裡的黑色棋子數和黑棋罐子裡的白色棋子數，哪個會多些？

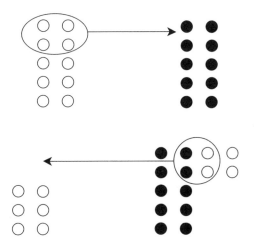

　　這個問題用圖片的方式解釋會比用語言解釋更加有趣。我們可以像上頁那樣畫。

　　「葡萄酒和水」的問題是非常難的，解答這樣難的問題的方法是，去尋找能夠把難題轉換成簡單問題的思維角度，那樣會有更好的效果。上面講的圍棋棋子的問題，就是解答「葡萄酒和水」問題的參照。把難題轉換成具體且容易思考的問題，並不是一件簡單的事情，但如果每個人都能找到容易解決問題的參照，那麼世界上不是就再不會有什麼難題了嗎？

從另一種觀點看問題

五歲小孩的眼睛

謎題1　五歲小明的選擇

　　小明和爸爸媽媽一起去奶奶家，車裡剛好有一盒可能放了很久的酸乳酪。五歲的小明要吃那個酸乳酪，媽媽說，可能已經變質不能吃，這時小明說了一句：「那麼，媽媽你嘗嘗看。」媽媽微笑著說：「如果媽媽吃了變質的酸乳酪死了，怎麼辦呢？」

　　聽完媽媽的話，小明想了想，說了一句話，他會說什麼呢？

謎題2　五歲小明的疑問

　　五歲的小明某一天在醫院裡碰到一個孕婦，由於小明是第一次看到孕婦的樣子，所以非常好奇。「阿姨，這是什麼呀？」他指了指孕婦的肚子問了一句。「嗯……那是我的小寶寶。我非常愛我的小寶寶。」孕婦邊摸著肚子，邊幸福地回答了小明的提問。小明想了想，又問了個問題，會是什麼樣的問題呢？

　　這個謎題的關鍵是猜測五歲小孩的心思。首先要考慮到的是問

題的實際情況，而不是自己的立場和某種有意思的想法。如果你只想著自己的立場或者只是在闡述自己的想法，你會始終無法擺脫你的固定觀念。**為了擺脫固定觀念，我們需要從已存在的實際情況看問題，而不是自己的立場。**

「奴隸是會說話的生產工具。」這是希臘著名哲學家亞里斯多德（Aristotle）說的一句話。如果誰以現代人觀點去取笑亞里斯多德，那肯定是大錯特錯。並不是亞里斯多德一個人這麼定義奴隸，而是所有的希臘人都這麼定義奴隸的。總的來說，當時的人們根本不把奴隸當成人，如果奴隸病了，他們的主人會衡量給奴隸治病合算，還是讓奴隸自生自滅合算；他們重視的是在這些問題上的選擇。如果用現代人的觀點去看那些希臘人，我們會誤解很多東西，所以應該用他們的視角去看他們的行為和思想。

你或許聽說過阿拉伯國家的「一夫多妻」制度吧。由於中東地區地處於東西方地域的交通要道，因此經常陷入戰爭和糾紛當中，現在也不例外。戰爭中有許多男子喪失了生命，因此在阿拉伯國家中總是男人不足。正因為這樣的原因，一個男人必須多娶幾個妻子，儘快生育更多的男孩子。如果事與願違，生下來的是女孩子，那麼那個女孩子的地位自然一落千丈，所以自然而然形成了男尊女卑的社會現象。而這樣的現象至今仍然存在許多阿拉伯國家中。

有些人對阿拉伯國家的「一夫多妻制」感到莫名的反感，那是

因為這些人並沒有放棄自己的視角。如果想要去理解一個人，那麼必須要成為他的「眼睛」，只有站到（stand）那個人的立場下（under）才能真正瞭解（understand）他。

謎題 1、2的解答如下：

〔謎題1　五歲小明的選擇〕

解釋：小明說的是：「那麼爸爸嘗嘗看。」

〔謎題2　五歲小明的疑問〕

解釋：小明問的是：「那為什麼把他吃到肚子裡呢？」

擁有不同的觀點意味著擁有嶄新的認知，只有擁有新的觀點才能得到新的想法。

---

understand（理解）＝under ＋ stand

**　　只有站在他人的立場下，才能真正地去瞭解一個人。**

故事

與眾不同的時刻

我們看一下這些圖片。

大多數的人都把〈圖1〉和〈圖2〉看成一樣的圖形，都是兩個四方形的層疊圖形。

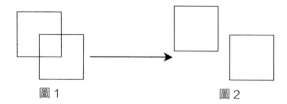

圖1　　　　　　　　　　圖2

你有沒有想過〈圖1〉還可以分成另外一種樣子？怎麼去分呢？不要用看〈圖2〉眼光去看〈圖1〉。一般性人們往往只會把〈圖1〉分成〈圖2〉的樣子，如果你的眼光是與別人一樣的，那麼就不可能去期待與眾不同的視角。只有用與別人不一樣的眼光看同樣事物時，才能得到全新的想法。〈圖1〉可以像〈圖3〉那樣分成兩個部分。

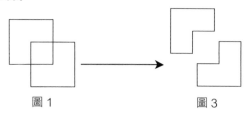

圖1　　　　　　　　　圖3

　　這個圖形的分割是一個非常好的例子，可以讓我們認識自己的思考片面性。人們已經非常熟悉把〈圖1〉分成〈圖2〉的樣子，這樣的「熟悉」讓我們感到舒適，然而舒適感卻讓我們被思維的框框包圍起來。嶄新的時刻，就是用別樣的眼光看事物，**擺脫那些讓你感覺到舒適和熟悉的方法，在不同角度，用不同眼光去看事物，才能期待嶄新想法的誕生。**

　　我們經常只按照我們自己塑造的類型去認知事物，我們只是在已經設定好的思考模式中去思考事物。單單利用現有的思維模式無法創造出嶄新的想法，需要嶄新想法的時候，我們應該有意識地用另類的眼光去看待事物。所有的人因為擺脫不了固定觀念，只能把〈圖1〉看成〈圖2〉的樣子時，你卻能看成〈圖3〉樣子，那麼你就會創造出嶄新的想法。

　　如果你願意擺脫那些讓你感到舒適和熟悉的思維模式，願意擁有與眾不同的視角，那麼我們應該有意識地採用不一樣的視角。也許你有時候會有與別人不同的視角，但這僅僅是偶然現象而已，我們更加需要的是有意識性的挑戰和「企圖」。從現在開始，你要定期、有意識地觀察你的周圍，一天30分鐘也好，這樣你會擁有一種與眾不同的視角。

關於創意能力的誤解

　　人們對創意能力最大的誤解就是，把創意能力看做是某種「異想天開」。我們會認為，只要我們去想別人不願意去想的東西，都可以說是有「創意能力」，但這並不完全正確。即使你有與別人不同的想法，即使你做了與別人不同的行為，僅憑這些是無法說明你有創意能力的。**富有創意的想法和行動，只有創造出了肯定性的實際效益時，才算有意義**。用無法預測的想法和行為，去創造以現有的方法無法創造出來的東西，而且有肯定性的、實際性的意義時，才能算是「創意能力」。相反地，創造出了一些否定性的東西，那就很難稱之為「創意能力」。

　　「所謂創意能力就是『與眾不同！』」這是某些人對創意能力的看法。這些人把所有的精力都集中到了「腦力激盪」（brainstorm）當中，因此他們都願意去熟悉掌握種種「腦力激盪方法」，他們認為熟練掌握「腦力激盪方法」才是提高創意能力的金鑰匙。但事實上這僅僅是其中一部分，正如，前面所說的那樣，並不是所有新的事物都能無條件地起到肯定作用，因此，為了想出更有價值的嶄新想法，有必要去掌握比「腦力激盪法」更重要的東西。

情感會戴上論理的面具

在論證的過程中，情感是必需的因素。我認為給論理的展開提供資訊的情感缺陷，比人類論理性能力的缺陷更加危險。

——安東尼奧·達馬西歐（Antonio Damasio）

思考＝論理＋情感＋……

故事

富翁的論理

　　某個富翁房屋的一面牆倒塌了，富翁卻置之不理。但他年幼的兒子卻說了一句：「爸爸，可能會有小偷從那個倒塌的牆爬進來，必須儘快修好它。」聽了兒子的這番話，富翁也沒有多在意。沒多久，鄰居家的男主人經過時也勸說了一句：「小偷會通過破損的牆溜進來，還是儘快把牆修好吧！」這次也一樣，富翁根本沒有在意。

　　果然那天晚上小偷光顧了富翁的家偷走了很多財物，小偷就是從破損的牆溜進來的。發現財物被偷之後，富翁非常生氣和懊惱，但想起他那年幼的兒子立刻消了氣。富翁到處說，自己沒有聽年幼兒子的勸告，所以吃了大虧，並且大誇自己兒子的先見之明。富翁非常有論理性地說明了自己的兒子是多麼地聰明，富翁向別人說：「雖然失去了一點財物，但自己有聰明的兒子，因此沒關係！」並且不遺餘力地稱讚自己的兒子。富翁只要想到聰明的兒子就會沾沾自喜。

　　過了一段日子，富翁突然想起鄰居家的那個男主人。他想：「他是怎麼知道我家會被偷的呢？如果說是偶然，是不是太巧

了？那個男人和小偷肯定是一夥的！」富翁開始懷疑那個男人，並且認爲那個鄰居家的男人肯定與小偷有某種關聯。最終富翁把這個男人告到了警察局。

區分人類和動物的最大特徵就是對情感的感受和表現。
人類是有情感的動物。

透過這個故事，我們非常清楚地看到了我們自己的論理本性。故事裡的富翁是非常富有理性的人物，不管是在稱讚自己的兒子，還是懷疑鄰居家的男人並把他告上警察局，他始終是在進行非常富有論理性的思考，只不過那僅僅是屬於他個人的論理。這位富翁並不特別，或許他就是我們的寫照。

人類是有情感的動物。我認爲人類能夠成爲萬物支配者、在地球繁衍生息，最有決定性的能力就是情感。文明發展的很多原因就是，人類擁有理性的思考能力，而且還可以表現他們的情感。

很多人都對情感有所誤解，往往會認爲情感的感受和情感的表達只是一種接近於動物性本能的行爲。但自然界中只有高級動物才有一點情感表達能力，表現情感和調整感情的技能卻是人類固有的能力。偶爾在電影中能看到，被人戲耍的鱷魚在生氣之餘攻擊別人的場面，但這是不符合實際情況的，因爲鱷魚不可能發火。像鱷魚這樣的爬蟲類，牠們的情感控制系統——大腦邊沿系統已經退化，因此，鱷魚是沒有情感的動物。表現情感、調節情感的能力，僅僅是人類獨有的特徵。

　　情感在人類的思維中占很大的一部分。人們往往在彷徨或者要下非常重要決定的特殊情況下，才摒棄情感進行理性判斷。但把個人的情感從思維過程中排斥出去那是不可能的事情。我們常誤認為當我們進行理性思考和判斷的時候，情感是被排斥在外的。排斥情感去做判斷時，那是在不知不覺中欺騙自己。

　　我們會對那些能夠排斥情感、做出理性判斷的人評價頗高。需要冷靜判斷能力的CEO們，只有擁有了職業賭博高手那樣的情感偽裝能力，才被別人認為是有能力的人。但人類是無法排斥情感的，只是在裝著排斥情感而已，表面看起來像在排斥情感，但是僅僅是用論理來包裝和偽裝自己的情感而已。事實上這樣的舉止會更加危險。

　　很多人喜歡說非常有理性的話，而且喜歡依據理性來處理所有的事情；但他們的論理大部分與「富翁的論理」一樣，那位富翁只是把自己的情感非常理性地表現出來而已。就像向人們講述自己兒子的預知能力和洞察力時的「論理性」話語、就像懷疑鄰居男主人的犯罪可能性一樣，僅僅是給自己的情感戴上了論理的面具而已。

　　就像那位富翁一樣，**人們大部分都為自己的情感戴上論理的面具。特別是在做決定的過程中，往往認為自己沒有帶一絲情感；但絕大部分情況是把自己的情感用論理來包裝好後，再傳達給對方。**人們貫徹自己主張的時候，更願意使用他個人的論理，而不

是在學校裡學到的「論理」。他們的論理是為了自己的情感或者利益而展開的，有時連那些客觀的數字統計，也會用到自己的情感表現或者維護自身利益上。

那麼，我們該怎麼做好呢？如何才能阻止情感戴著論理的面具呢？最好的方法就是，誠實地表現情感。做重要決定時也不要排斥自己的情感，應該要用情感歸情感、客觀因素歸客觀因素的思維方式進行判斷，這樣才能阻止自己的情感戴著論理的面具來欺騙你自己。

如果我們的論理是從學校裡學的，那麼我們可以排斥情感。但我們在日常的生活中，往往會碰到與學校裡學的論理完全不一樣的另一種屬性的論理。會碰到像前面「富翁的論理」之類的狀況。如果你用學校裡學到的論理來向富翁解釋什麼，那麼對方肯定會說：「無法理解！」反而會要求論理性說明。

請不要排斥情感，相反地要認可情感，誠實地把它表現出來。不要把自己的情感與自己的思考分開來，也不要要求別人把情感和思考分開來。情感也屬於思考的領域，所以要認可論理化的「接近」和情感化的「接近」都是思考的一個部分，而且也要傾聽別人的情感。

無論是誰都無法從思考中排斥情感。

只是裝著排斥情感而已，其實這樣會更加危險！

裝著排斥情感，卻把自己的情感用論理的面具偽裝好後再傳達給對方，是非常危險的。

創造出一些時間來誠實地表現情感、用情感進行互相之間的交流。

學校裡學到的論理 vs. 社會上的論理

普羅塔哥拉和青年的對話

普羅塔哥拉（Protagoras）是古希臘著名的哲學家，某一天，有一個青年來找他。那個青年向普羅塔哥拉討教在法庭判決中勝出的方法，學習開始之前先給一半的學費，待學習結束後如果覺得學得滿意，再付其餘一半。

普羅塔哥拉和那位青年談好學費之後，就開始了教學。過了一段時間後，普羅塔哥拉認為青年已經學到了很多東西，所以結束了講課。 當普羅塔哥拉向那個青年收取另外一半的學費時，那個青年卻不願意支付那一半的學費，因為他覺得學得並不是很滿意。兩個人在爭辯之餘，最終告上了法庭。

在法庭中，普羅塔哥拉先闡述的自己的論點：

「不管我在這個法庭上能不能勝訴，我都能收到那筆錢。因為，如果我贏了辯論，自然按照法律我能要回我的那份錢；即使我輸給那個青年，就能說明青年學到了辯論的真本事，所以青年要按照他的許諾，付我學費。」

普羅塔哥拉闡述一結束，那個青年也迫不及待地闡述的自己的觀點：

「不管我在法庭辯論中是贏是輸，我都不會給普羅塔哥拉一分錢。因為如果我勝訴，按照法律我就有權不付學費，如果我在辯論中輸了，那就是說明普羅塔哥拉並沒有教好我辯論的方法，因此按照當時的約定，我不會支付那一半的學費。」

普羅塔哥拉和青年的對話，讓我們看到了論理的本性。我們使用的論理僅僅是我們自己的，按照自己的論理，自己始終是正確的，並且對方必須要聽從。「我永遠是對的！」這就是個人自己的論理。

偶爾你會碰到像故事裡的主人翁一樣彷徨的狀況。關於「普羅塔哥拉和青年」的故事，經常在理則學的第一堂課中聽到，老師會指出兩個人對話中的錯誤，然後利用理則學的基礎知識說明錯誤的原因，以此開始理則學的基礎教授。

如果你處在故事裡主人翁那樣的狀況中，你千萬不要只想著用論理的方式去解決問題，這樣的問題是無法用學校裡學到的論理來解決的。在學校裡你可以利用論理制約對方，並戰勝對方；**但在社會上沒有一個人會因你的論理向你俯首稱臣的，因為每個人都有他們自己的一套論理。**即使某一個

> **每個人都有他們自己的論理。**
>
> **無論是誰都不能用論理制約別人。**
>
> **即使對「母豬也會爬樹」這樣的荒唐的事情，某些人都會有他們的一番論理。**
>
> **不要試圖用論理去制約對方，而是先與對方形成情感上的共識。**

人因你的論理放棄自己的主張,那也不能說明他向你的論理投降;他只是服從於你的權威而已。在社會上無論是誰,都不能用論理制壓對方。即使對「母豬也會爬樹」這樣荒唐的事情,某些人都會有他們的一番論理。

假設兩個人對同樣的事情得出了不同的論結,那並不是說某一個人在論理化的推論過程中,由於個人能力的不足得出了錯誤的結論;而是由於主觀性地採用了不同的資訊,才得出了不同的結論。

學校裡學的論理和社會上碰到的論理肯定是有差異的。在這個社會上,首先必要的是讀懂對方的情感,而不是用學校裡學的論理來解決問題。如果在生活中碰到了「普羅塔哥拉和青年」一樣的狀況,不能用學校裡學到的論理來解決這種狀況。

我們可以這樣想像一下:老師要學生付學費,而學生卻不願意付;這種情況肯定是相互之間什麼地方出了問題,這種矛盾是無法用論理來解決的。

在這種矛盾的情況下,我們應該去讀一讀對方的情感。當老師和學生之間因學費發生了矛盾時,老師應該要去想:「我的學生為什麼不願意支付我的教學費呢?是不是他有什麼難言之隱?或者對我有什麼不滿呢?」學生也是一樣,應該彼此形成互相之間的情感共鳴,然後去尋找相互的共識,這個比用客觀的基準尋找問題的解決對策更加重要。這個就是學校裡學到的論理和社會論

理之間的差異。

我們自己應該稍微明智一點。學校裡學到論理是把情感排斥在外的論理，但我們生活中存在的論理是無法排除情感的。我們要先認可情感的存在，而且不要試圖用某種客觀的標準去解決論理性問題；首先我們要與對方形成情感上的共識，然後要與對方一起明智地解決問題，這才是比主張各自論理更加有效而明智的問題解決方法。

我們有一種傾向，只是在伸張自己的論理。如果把自己的論理稍微誇張，就能成為無厘頭式的主張，這樣的蛻變往往能成為幽默的素材。

在這裡介紹幾則有趣的故事，這些故事都有同樣的含義。故事35是馬丁‧加德納（Martin Gardner）講的故事，而故事36是從網路的幽默論壇上看到的。

故事

購買電腦

有一個人剛買了一部1萬元的電腦，但沒過多久，他想買更好的價值2萬元的電腦。他來到電子商品店，對老闆說：

「我給你這部電腦，你給我一部2萬元的電腦吧。」

老闆無法理解這位客人的意思，就問：

「您這是什麼意思呢？」

客人回答說：

「上次買這部電腦的時候我已經付了1萬元，現在我再把這部電腦給你，等於是給了你2萬元，不是嗎？所以我給你這部電腦，請給我一部2萬元的電腦。」

故事

某個少年的主張

有一個少年正在纏著他的媽媽。他不願意去上學，正在說服媽媽：「媽媽，我實在是太忙了！我忙得實在沒有辦法去上學，根本沒有時間。我給你看看我有多忙，你千萬不要叫我去學校。」

然後他把自己的時間安排羅列了出來：

睡眠時間：一天8小時，一年8×365＝2,920小時，

2,920÷24＝122天

星期六和星期天：一年有104天

暑假和寒假：60天

吃飯的時間：一天３小時，一年３×３６５＝１,０９５小時，

1,095÷24＝45天

娛樂時間：一天２小時，一年２×３６５＝７３０小時，

730÷24＝30天

把以上數據整理如下：

睡覺	122天
周末	104天
放假	60天
吃飯	45天
娛樂	30天
共計	361天

「你看，就連我生病的時間也只剩下4天了。」

故事 36

經理和部長的對話

一個經理向部長申請一天休假。部長異常憤怒地說到：

「一年有365天，一天是24小時，上班時間是8小時，就是說一

天的3分之1是在上班，所以一年有122天在上班。其中52天是星期天，由於我們公司是隔周的星期六也休息，因此星期六是26天，這樣一年上班的時間只剩下44天。另外並不是說上班的時間都在工作，出去抽根菸，去幾趟洗手間，平均一天要花掉3小時，也就是說一年只剩27天。還有暑期放假和冬季放假共10天，一年中能夠工作的只有17天。在這個17天內還有什麼勞動節、兒童節、耶誕節、國慶日、中秋節、元旦，還有公司的創立紀念日等節日，一共是16天。結果一年中你能夠工作的時間僅僅是1天而已，你卻想連這一天也要休息嗎？」

聽了部長的這番話，經理表現出了不滿，並辯解說：

「我國的人口有4,500百萬，其中老人和失業者是2,500萬，只有2,000萬在工作。其中1,600萬是學生或者小孩，也就剩下400萬。其中有100萬現在在服兵役，100萬是國家公務員，那麼僅僅剩下200萬了。其中政治家和地方自治公務員就有180萬，除掉這些人只剩下20萬人。在這20萬人中有18萬8000名躺在醫院，1萬1998名在監獄裡。結果這個國家剩下來能夠工作的只有兩個人，就是您和我。部長您只要下一些命令就可以，而我卻是一個人做大韓民國所有的工作。這並不是一般性的疲勞啊。」

觀察對方的情感

部門聚餐

　　爲了加強部門團結，公司決定舉行一次聚餐。爲了討論在哪裡舉行這一次美好的聚餐，部長召集了他的下屬。

　　「來，我們開一個小會，討論晚上到哪裡去吃什麼？」

　　男經理首先提了個建議：「聚餐時應該要吃五花肉、喝燒酒。」

　　男經理還沒有說完，女主任卻插了一句：「我們到酒吧去喝雞尾酒，怎麼樣？」

　　由於被女主任插了一句，男代理非常不高興，於是他再次重申了自己的建議：「聚餐應該要吃五花肉、喝燒酒，這才帶勁！酒吧或者雞尾酒是不是太奢侈了？」

　　「五花肉和燒酒是80年代的文化。雖然現在流行復古，但也沒有必要被別人取笑說老土吧。我們應該到酒吧喝雞尾酒，應該去營造新的文化氛圍。」女主任也不甘示弱。

　　男代理覺得女主任特別討厭，於是心裡想：「畢竟是年幼無知，但即使是這樣，作爲一個女人怎麼會這麼奢侈呢？也不看看自己的工資是多少，還穿著那麼貴的衣服。這個女人是不是太奢侈了？也不知道哪個笨蛋會娶這個女人，真替他擔心！」

其實，女主任的心情也不好，她也在想：「這些老男人眞是沒有辦法，看看他那禿頭！就因爲想法太陳舊，所以都三十幾了還是個經理。他的老婆眞是可憐！」

聚餐最終在部長的拍板決定下，找了其他地方。本來爲了部門的團結舉行的聚餐，年輕的女職員和中年男職員們卻各談各的，因此聚會很早就收了場。

這個故事並不是非常特別，在我們的周圍經常能看到這種情況。或許你也經歷過這種情況，不僅僅是在聚餐，在朋友們或者同事之間的對話中，也會像故事裡的主人翁那樣碰到互相矛盾的狀況。那麼故事裡的主人翁——男經理和女主任的矛盾是從那裡來的呢？

矛盾主要是發生於互相之間的自我心理。**會議的時候，人們往往說著自己的意見，同時把自己的「自我」強加到自己的意見當中，總是把自己和自己的意見看成一體。**他們認爲自己的意見被忽視，就等於是自己被忽視了。所以爲了避免傷害到自己的「自我」，他們會努力貫徹自己的意見，而不是去想別人的意見。正如前面的故事那樣，根本不會去考慮會議的目的或者意圖，只是想去貫徹自己的意見罷了。他們認爲首先要保護好的是自己的「自我」。

回到前面的故事中，或許男經理也喜歡去酒吧，或許比起燒酒

他更喜歡喝雞尾酒；或許女主任也喜歡吃五花肉和燒酒。但即使是這樣，他們絕不會去更改已經從他們嘴裡說出來的意見。因為自己的意見裡已經包含了「自我」，如果自己同意了別人的意見，就意味著輸給了別人。會議本來是為團結部門內部而召開的，卻喪失了原有的宗旨，變成了年輕女職員和中年男職員之間的情感鬥爭。

會議中，人們為什麼會經常產生矛盾呢？像前面那樣，僅僅為了選擇聚餐的場所而發生的矛盾並不會造成什麼影響。看看一些國家的國會，儀表堂堂而且深受國民支持的那些國會議員們，為了貫徹自己的主張，在那裡提高嗓門大呼小叫，甚至老羞成怒動起手來。為什麼會發生這樣的事情的呢？

或許是為了個人的私利或者維護他們集體利益，但更重要的是，他們覺得如果自己的意見被忽視，那就是對自己的忽視。特別是僅僅依靠自尊心生存的人來說，如果傷害到了他們的自尊心，他肯定不會無動於衷的。

收集眾人的想法比一個人的想法更加有效果，但如果會議變成互相勾心鬥角的場合，那就得不償失。「如何才能提高會議的

> **會議室裡，人們往往把自己的「自我」強加到自己的意見當中。**
>
> **把自己和自己的意見看成一體。**
>
> **如果自己的意見被忽視，會覺得就是自己被忽視了。**
>
> **為了不想傷害到自己，更願意去貫徹自己的意見，而不是去尊重別人的意見。**

效率呢？」「如何才能在不傷害對方自尊心的前提下，互相交換
意見呢？」

　　**會議當中，我們偶爾會感受到用肉眼看不見的對立面。一旦感
受到了這種對立的氣息，就應該立刻停下來。**我們接受的教育
是，用爭論來創造更好的意見。互相之間意見不同時，相互主張
自己的意見，從而找出更好的方案；這是我們一直接受的誤導性
方法。通過爭論來尋找更好的方案，或許在過去很有用，但在現
在是無法適用的。

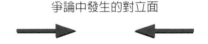

爭論中發生的對立面

　　這樣的對立面，常常出現在討論性的電視節目中。參加電視辯
論節目的人們，各個都面紅耳赤地在主張自己的觀點。針對特定
的主題，闡述各自不同的意見。或許電視台為了提高收視率喜歡
這種方式的討論，但這種討論並不能引導出實質性的內容。爭論
式的討論無法創造出更好的方案。那該怎麼做才好呢？

　　**不要去製造一些肉眼看不到的對立面，而應該向某一個相同的
方向，鋪設前進的道路。**

　　方法是這樣的：對特定的議論事項，所有人要想它的優點，或
者所有人都想它的缺點。首先由會議的主持者說明會議主題：

方向一致的道路

「各位，從現在開始大家一起想想優點。」那麼每一個與會的人
都會去思考特定議論事項的優點。

按照這樣的方法，我們再討論一下前面的故事。部長首先宣布
會議主題：「各位，現在開始我們討論一下吃五花肉和燒酒的好
處吧。」那麼所有的人都會不約而同地想著它的優點，即使是不
太喜歡吃五花肉或者一點燒酒都不能喝的人，也會說一些相關的
優點。同樣，當會議主持人提議：「接著大家討論一下去酒吧喝
雞尾酒的優點。」那麼所有人都會去說它的優點。這樣先講優點
後，用同樣的方法再去講缺點。用這樣的方法大家一起往一個方
向想問題，可以阻止情感對立面的產生，也可以避免「自我」之
間的衝突。這個方法又簡單又有效果。

西洋哲學當中，從古希臘法庭或者中世紀對抗異教徒的過程來
看，都把論理視為最有利的武器。「把論理作為武器，通過爭論
創造更好的方案」就是西洋哲學的根基。直到產業社會，還是比
較關心如何維持現存的體系，而不是去尋求新的變化。但社會已
經變了，現在的變化可真是日新月異，在這樣變化迅速的時代
裡，更需要嶄新的想法，而不是去墨守成規。用與眾不同的想法

提高生產性，才是比較現實的。這樣的現實中，需要的是對準焦點、互相之間的協力，而不是通過爭論去證明什麼。

往一個方向的會議，用以下方式具體進行：

1. 首先自由地聽取意見。

2. 根據各自的意見，與會的所有人員一起思考它的PMI「優點（Plus）、缺點（Minus）、有趣的地方（Interesting）」這三個要素。

	優點	缺點	有趣的地方
案件A			
案件B			

開這種會議有最基本的原則，就是一次只討論一個議題。比如，商議「五花肉和燒酒」的好處時，即使會想起它的壞處，由於是正在談論好處，因此絕對不能提出來。

這個方法不僅僅應用在會議上，在進行對話或者一個人思考的時候也非常有效。舉個例子，我們看一下一對母子的對話。

兒子夢想著成為一個舞者，而他的媽媽卻希望兒子成為一個優秀的律師，所以在志向方面，母子倆發生了意見上的矛盾。媽媽和兒子都不願意妥協。最後，在媽媽的強迫下，兒子只能去學習法律，但兒子並不是心甘情願的。這種情況該如何是好呢？

方法很簡單，與前面一樣，母子倆一起找找看各自的優點、缺

點以及有趣的地方。媽媽要尊重兒子的意見，兒子也要尊重媽媽的建議，這樣互相可以把意見提出來。先找找看舞者的優點，然後再找找律師的優點；找好優點之後，再找找成為舞者的缺點和律師的缺點。這樣兩個人都會往一個方向思考問題，兩個人的立場將會統一。對立的時候雙方會有爭論，但一旦成為了統一戰線，就不會有什麼爭論了。

找找有趣的地方，是非常有利於問題的解決的。**講述優點和缺點的時候必須有論理性，但講述有趣的地方，可以容許有自己的情感和感受**。人們有把自己的情感或者感受用論理來偽裝的傾向，故事32「富翁的論理」中就能看出這樣的傾向，這是非常危險的。為了阻止這種危險的發生，應該留出一些時間表現情感或者感受。

與我自己的「自我」一樣，別人的「自我」也是非常重要的，我們往往想不到這一點。與親人或者其他人談話時，千萬不要去傷害對方的「自我」。對方的「自我」不會那麼容易就能傷害到的，反而會以不同的形態表現出來，它只會讓你寸步難行。

沒有一個人會願意抹殺自己的

關於相互不同的意見，我們可以考慮它們的PMI（優點、缺點、有趣的地方）。

考慮PMI的時候，大家必須向一個方向思考。

當考慮A的優點時，無論是提出B的人還是不喜歡A的人，都要一起去想A的優點。

如果相互不要有分別心，齊心協力去研究問題，就會得到更好的建議。

「自我」，然後去跟隨你的旨意；一旦「自我」被抹殺了，那個人也就如同行屍走肉一樣。最明智的方法就是最大限度地去尊重別人的「自我」，然後再提出你的意見。

你不是裁判

如果想知道別人所知道的事情，那麼你應該先把你所知道的告訴別人。
得到資訊最好的方法就是給予資訊。

———尼科洛・馬基雅維利（Niccolo Machiavelli）

你也會犯錯

故事

白色汽車和黑色汽車

有一輛車撞了人肇事潛逃，在事故現場有兩個目擊證人。他們向警察講述了自己看到的事故發生情景，但兩個目擊證人描述的肇事汽車顏色卻不同。一個人說是白色汽車，另一個人卻說是黑色。既然兩個人都主張自己沒有看錯，那麼肯定其中一個人沒有說實話。到底是誰在說謊？那個人為什麼說謊？

兩個目擊證人繼續堅持自己看到的肇事汽車顏色，並且開始懷疑對方可能是與肇事司機有某種關聯。兩個人互不相讓，互相懷疑對方。

兩個人的這種懷疑和對立，隨著肇事司機的落網而水落石出了。原來汽車左面和右面的顏色各不相同，由於兩個目擊證人各自是從相反的方向目睹了事故的發生，因此理所當然地所看到的汽車顏色也就不同。

我有時會到某些企業去講授關於創意能力方面的知識。在講課開始之前，我都會問在座的學員關於「現代社會特徵」的問題。我認為把握住我們這個社會的現實狀況，如同把握遊戲規則一樣

重要。那些對人生充滿憧憬的人，首先要做的就是去把握我們這個社會的特性。我經常要求我的學生對現代社會的特徵自由發表自己的觀點，但他們很少能說出特別的觀點。即使我給他們30分鐘時間，讓他們分組討論，他們也無法整理出現在這個社會的種種特性。

過去和現在是不同的。正如上面那輛肇事汽車那樣，過去汽車必須用同一種顏色，但現在卻可以隨意選擇汽車的顏色；我們就生活在這樣多變的社會當中。這也是現代社會的重要特徵之一。現在更崇尚多樣性，而且周圍也存在著更多的不確定因素，正確的答案並不只有一個，有可能存在著很多個答案。現在已經不是眼見為憑的時代，現在到處是可能性，而且由於許許多多的變數，我們很難預測或者根本不可能去預測，這就是我們的社會。

我偶爾會看到寧死都不願意放棄自己主張的人，他們的思維中，根本就不存在「我也會犯錯」這種想法。他們堅信自己追求的是「正道」，行著正確的道路。因此他們認為正確的道路只能是一個方向，堅持自己的主張就是自己的哲學，也是自己的理想，這樣的觀點還讓他們感到無比的自豪。他們不願意去提什麼「多樣的可能性」之類的觀點，而認為所有的事情都要有一個正確答案。

大部分人都誓死堅信自己是正確

有很多人把這個世界看做是善與惡的對立。

如果用善與惡的對立觀點去看這個世界，那麼會有好人和壞人之分。

善與惡的判斷標準總是自己本人。

的，甚至認為這樣很酷。但事實上你也會犯錯，不是嗎？在你的人生中或許有過這樣的經歷吧，曾經百分之百確信的事情，卻在某個時刻、在某種環境下變成了錯誤。每當碰到這樣的事情，你總會理直氣壯地辯解說：「那是因為特殊突發事件，是束手無策的！讓我去預測那種特殊狀況的發生，是很沒有道理嗎？」比如：「本來這次股票價格百分之百會上升，但誰知道美國會發生恐怖事件。」

在現代社會中經常會發生一些你意想不到的突發事件，所以你要給你的想法多一點的餘地和變通。我們要時時刻刻想著，這個世界沒有一成不變的東西，你認定正確的東西也會錯誤。那是因為現在周遭存在著太多的多樣性和可能性；留一點餘地，多一點變通，正是我們這個現代社會的「遊戲規則」。

觀察對方的牌

關於聲音和話語的兩個疑問

疑問1：亞馬遜森林某個沒有人煙的地方，有一棵巨大的樹倒了。在這沒有人煙的地方，這麼巨大的一棵樹倒下時，會發出什麼樣的聲音呢？要麼，會不會根本就沒有聲音呢？

疑問2：你偶然之間碰到了一個如你夢中情人般的女人。你跑到她的跟前對她表白了你的愛慕之情，並且如實地表現出了她帶給你的愛的衝動。但因為你講的是韓語，而那個女人卻是日本人，並且聽不懂韓語。你會向這個女人表白呢？還是放棄呢？

香港的無厘頭喜劇演員周星馳，還有韓國的金國鎮、美國的金凱瑞、英國的豆豆先生都是我喜歡的演員。我看的第一部周星馳主演的電影是《賭聖》，是一部以賭博為題材的電影。大概是10年前吧，那時在香港，關於賭博素材的電影非常盛行，記憶當中還有幾部，比如譚詠麟主演的《至尊無上》之類的。

電影《賭聖》中，周星馳主演的主人翁有更換底牌的超能力。一次關鍵賭局中，由於喪失了超能力幾乎要一敗塗地的時候，心愛女人及時登場使他重新恢復了超能力。最後關頭，為了更換自

　己的底牌，他用上了所有的超能力，兩手合十，中間夾著底牌發功。他的後腦冒出青煙，那是正在發功的信號，愛人的愛，讓他重新擁有了超能力。他非常自信地把底牌亮在桌面上，但不知什麼原因，底牌根本就沒有被更換。分明已發了功，難道是超能力失效了？

　　電影裡的主角，以非常「酷」的動作把底牌甩了出來，一看到底牌並沒有改變，他馬上非常滑稽地暈倒過去。但電影裡往往最終還是主角會勝利，事實上，超能力並沒有改變周星馳的底牌，而是換掉了對方的底牌。周星馳希望把三張A變成四張A，但超能力卻把對方的同花順給破壞掉了。結果用三張A贏了對方毫不起眼的牌。

　　人們往往把人生比做賭博，但他們並沒有把賭博的技術適用到人生當中。賭撲克牌的基本原則是「看對方的牌」，要贏，重要的並不是你自己的牌有多好。我的手上有好牌，對方也可能有好牌，原因很多，可能是洗牌沒有洗勻，也有可能是偶然。不管怎麼樣，如果想在牌局上贏得勝利，不僅要看自己的牌，更重要的是會看對方的牌。這種牌桌上的基本技術，在人際關係中也是基本的處世方法，**你要學會站在別人的立場上，不要只考慮你個人的立場，而要多多考慮別人的立場後再行動。**

　　我們再回到前面的問題。你是怎麼去考慮第一個疑問的呢？你認為發出了聲音？還是沒有發出聲音呢？你認為是什麼樣的聲音

呢？我個人對第一個疑問沒有任何見解，但對第二個疑問卻有明確的主張，我認爲那個男人對那位夢中情人並沒有說什麼話。對話並不是發出聲波的物理現象，對話是一種思想的交流，雖然也有單方面的傳達自己想法的情況，但第二個疑問裡的男人連自己的想法也很難向對方傳達。

人際關係中最基本的「對方立場」，也能適用於對話當中。先考慮對方的立場後再說話是最基本的技術，即使同樣的資訊，也可以用不同的表現手法和不同的例子進行傳達，這些都可以站在對方的立場上做選擇。這是對話的最基本要求。

這種對話的基本技術，不但適用於你施教的時候，也適用於你在組織中發揮領導能力的時候。對那些經濟上有困難的人說：「做一些有意義的事情吧！」是無法得到那些人的認同的。或者你對那些要尋找人生意義的人說：「這次的計畫成功的話，包括獎金在內肯定有很豐厚的報酬。」那麼你的職員們會怎麼想呢？他們會想：「看看這個只知道錢錢錢的傢伙！」

> 如果想在牌局上贏得勝利，不僅要看自己的牌，更重要的是會看對方的牌！
>
> 如果用賭博比喻人生，請把賭博的基本技術適用到人生中吧！

看看對方的牌吧！但這絕對不是要你去抓住對方弱點的意思。你要與對方建立良好的關係，良好人際關係的根本就是站在別人

的立場去思考，在別人的立場去做事。從今天開始，你要說符合
別人的語言，站在別人的立場發揮出互惠互利的領導能力吧！

面試的記憶

我唯一聰明的地方就是我會聘用比我聰明的人。

————查爾斯‧沃格林（charles Walgreen）

進攻和防守

故事

應聘面試中

　　這是關於我第一次應聘時，參加面試的故事。那時我沒有通過筆試，僅僅通過書面資料和面試就得到了工作。面試一共進行了兩次：一次是技術方面的面試，另一次則是關於人性方面的面試。由於不是公開招聘，因此技術方面的面試由幾位研究部門的上層人員，針對一些技術方面對我進行了面試；而人性方面的面試是卻是由幾位頗有年紀的理事們進行的。他們問了我一些各個方面的日常性問題，其中有一位問了我這麼一個問題：

　　「朴先生，你能讚美一下你自己嗎？」

　　剛開始我非常驚訝，但隨後不知道從那裡冒出了那麼大的勇氣，卻用一句非常調皮的話回答說：「嗯……我的妻子很漂亮。」

　　六名面試官都被我逗樂了，坐在中間的一位隨後說了一句：「哈哈，對，那也是讚美！」

　　每當談到面試的話題，我總是把我這個有趣的經歷告訴別人。我經常對那次大膽的回答感到自豪，人們都說很有趣，而且都覺

得我說得很好。但我果真做得好嗎？你認為在面試中像我這樣講話會有效果嗎？雖然我沒有做出特別無禮或者不利於自己的事情，但我卻做得非常傻。那是因為我沒有分清當時的狀況，是「進攻」還是「防守」？。

> **進攻和防守是根本上不同的。**
> **進攻需要一些對方想像不到的戰術，而防守卻需要忠實於基本戰略的戰術。**

如果是100名中選10名，你在面試中必須表現突出，而且要給面試官深刻的印象，那樣才能在100名中出類拔萃。我們來探討足球場上的進攻和防守戰術。踢足球時，只按照常規的進攻戰術進行是很難得分的，因為防守一方肯定對進攻方的戰術瞭如指掌。如果想得到勝利，就不要按部就班地依靠常規的戰術，應該去靈活使用即興的、全新的戰術，然後再進攻防守方料想不到的軟肋。只有這樣富有創意的戰術才能順利得分，能讓你取得勝利。

但防守卻不同，防守時卻要嚴格按照賽前的戰術規定。有那麼一次面試，要從100名中選90名。在這種面試時，表現千萬不能太突出，這種狀況時，我們需要的是防守，而不是進攻。那時我面臨的就是這種狀況的面試，就是從100名中選90名。如果技術面試是100名中選10名，那麼人性方面的面試意圖，僅僅是過濾那些性格太怪異，無法融合到組織中去的人。所以在這樣的面試中突出表現是非常愚蠢的行為。在一次只要中規中矩就能合格通

過的面試中，何必要冒著風險盡力表現自己呢？

　我並不知道現代足球更注重進攻還是防守，但在現代社會中，肯定更加強調進攻而不是防守。如果過去的產業社會中，重點放在防守上；那麼現代資訊化的社會中，則更加強調進攻。資訊越多，社會的變化也越快，曾經規定好的規則也在不斷變化。比起墨守成規，那些打破常理的創意性想法更符合生產力的提高；我們就是生活在這樣的社會中。過去的產業社會裡，背得快、記得牢是非常有用的；但在如今的社會，在情報大量湧出、變化非常快的社會裡，更要重視的是用嶄新的想法去創造價值的能力，而不是熟練掌握一些現有的東西。

　正如注重「進攻」的球隊也需要強大的「防守」那樣，你也需要穩定的「防守」來協助你的「進攻」。如果想把「進攻」和「防守」都做好，那你最需要的是什麼呢？就是先分清楚狀況，然後再選擇「進攻」還是「防守」。

現代社會的發展趨勢是，進攻比防守占更大的比重。

有比正確答案還要重要的東西

入學面試

那是我剛考上碩士時的事情。當時我的入學考試是採用口試，兩個房間各自坐著5名不同學科的教授，我則站在黑板前面。我在自我介紹之後正等教授們的提問，這時有一位教授提出了個問題：

〔**一定長度的單一閉曲線**〕 假設有一定長度的線。如果把線頭和線尾連起來，形成一個單一閉曲線，形成什麼形狀的圖形時其面積最大？（所謂單一閉曲線是，起始點和終點連在一起的曲線，但除了起始點和終點相交之外，曲線上的其他任何一點都不能相交。） 用圖形來簡單表現，就是這樣的。

如果單一閉曲線的面積為最大值，那會是什麼形狀？你認為是什麼形狀呢？

對這個問題，有很多學生回答是圓形。但大部分人卻無法說明為什麼是圓形。他們的回答普遍是「就認爲是圓形！」或者「好像在哪裡學到過的！」我還記得一個學生爲了取悅那些主考的教授們，甚至說了一句非常幽默的答案：「圓形是一個完整的圖形。請不要無視於圓形。」其實出題的教授並不只是希望聽到正確答案，也不是希望同學們用數學公式來證明，他只是想聽簡單的說明。

假設曲線上有一點1，那麼曲線上肯定會存在沿著曲線與點1距離最遠的一點2。連接點1和點2，圖形就會分成A和B兩個部分。

如果A的面積比B大，那麼可以把B的模樣改成A的模樣，所以這樣的圖形肯定不是面積最大的單一閉曲線。如果想用一定長度的單一閉曲線來形成面積最大的圖形，任意一個點和對面的點連接形成的兩個部分一定要一樣，所以只能是圓形。這個程度的說明就已經夠充分了，重要的並不是正確的答案，而是關於問題的接近方法和想法。

最近口試非常普遍，理工系的考試中不僅僅提問數理化問題，

同時還提問人文、社會科學領域的問題。雖然我認為對一個人的客觀性評價非常重要，但如果那個人是要與我一起共事，那更重要的是我對他的主觀性評價。

「漢城市內有多少加油站呢？」

這樣的問題會經常出現在口試中。來公司面試的人或者來參加大學入學考試的人，經常會碰到這樣的質問，你要知道現在的面試不僅僅是問家庭情況。

這個問題的答案並不是某個正確的數字。提出這樣問題的目的，並不是要你去回答漢城市內的加油站數，它的意圖不在於測定知識的掌握量，而是要測試被面試人如何用智慧去巧妙地回答這個問題，從而去評價這個人。因此「漢城有X個加油站！」這樣的答案並不重要，這個問題的核心是，要用自己的語言去講述為什麼會有X個加油站，並且努力去說服別人。

幾年前流行過的人孔蓋（公路檢修孔蓋子）問題也是一樣的。

〔人孔蓋問題〕街上的人孔蓋都是圓形。那為什麼蓋子必須是圓形的，而不是四方形或者其他形狀呢？有什麼特殊的理由嗎？

這個問題是美國著名軟體發展公司招聘時，經常給應聘者出的問題。其實這個問題沒有正確答案。提出這樣問題的人，並不是想聽正確答案，而是想看看回答的人怎麼用自己的想法正確而有說服力地說明理由。

你可以想像一下，現在你正坐在某家公司的接見室裡，旁邊就

是總經理辦公室，而且前面還有5名理事正在看著你的簡歷。然後，其中的一位會問你這個關於人孔蓋的問題。

如果你盛氣凌人地說：「我對人孔蓋沒有什麼興趣，請出英語問題或者數學問題，無論是什麼問題我都能解答出來。」 那麼你肯定是不會通過面試的。面試時考官向你提任何問題，都有他的理由，其實你很清楚，在座的理事中沒有一個人無聊得想跟你玩咬文嚼字遊戲。

好了，我們來玩幾個有趣的遊戲。我會出幾個問題，你要自己去解答。我出問題之前，你先想像一下：你現在坐在你嚮往已久的那家公司的面試考場，而你的前面坐著五位面試考官。其中的一位會向你提出以下的問題，並沒有規定時間，而且你要像平時交談一樣自然地回答問題。現在你可以試著自然地回答，就當你現在正在面試。

故事

十一道問題

問題1 過橋

　　四個人要過橋。其中一個人過橋需要1分鐘，其餘的三個人各自需要2分鐘、5分鐘、10分鐘。由於天很黑，過橋時必須要帶手電筒。另外，由於橋面很窄，一次只能兩個人通過。所以兩個人一起過橋之後，一個人要帶著手電筒再回來。在這樣的條件下，四個人全部要過橋，最少需要多少時間？該用什麼方法呢？（解釋 P.161）

問題2 漢城的計程車

　　漢城有多少輛計程車？（解釋 P.161）

問題3 正方體的分割

　　有個正方體形狀的木塊，邊長都是3公尺，要把它分割成27個邊長爲1公分的小正方體。按照下面圖分解就可以得到27個邊長爲1公分的小正方體。那麼爲了得到這27個正方體，最少需要切割多少次？其

理由是什麼？（解釋 P.162）

問題4　分蛋糕

有一個好辦法可以公平地把一個蛋糕分給兩個人，方法是這樣的：一個人分蛋糕，而另一個人選擇自己想要吃的那一塊。這樣就會非常公平地把蛋糕分給兩個人。那些新婚夫婦處理家事，或者兩個朋友一起做事的時候，都可以使用同樣的方法，而且是非常有效的方法。那麼三個人怎麼分蛋糕呢？有沒有三名以上的人能夠公平地分蛋糕的方法呢？（解釋 P.163）

問題5　從地鐵站開始走

朴先生每天從公司下班，都是5點整到達地鐵站，他的妻子也會5點整開車到地鐵站來接朴先生。有一天朴先生下班過早，4點就到了地鐵站。那天天氣很好而且朴先生心情也不錯，所以他想走走看。他沒有打電話給妻子，就沿著妻子開車過來的道路開始走了起來。他的妻子總是沿著這條路來車站接他，所以自然而然地在路上碰了面，當天朴先生回到家的時候比平時早了10分鐘。如果他妻子開車的速度不變，而且為了能夠準時到達地鐵站，跟平時一樣準時從家裡出發，那麼到他們兩位在路上碰面為止，朴先生一共走了多少分鐘了呢？（解釋 P.164）

問題6　白熱燈泡

　　有一個白熱燈泡，首先是亮著的，過1分鐘後就熄掉。再過30秒後，燈泡又會亮起來。然後過15秒再熄滅。如果繼續重複這樣的過程，2分鐘後燈泡是亮著的還是熄的呢？還是會出現第三種狀態？（解釋 P.164）

問題7　計算葡萄酒瓶的體積

　　有如下形狀的葡萄酒瓶，請計算這個葡萄酒瓶的體積。（解釋 P.164）

問題8　觀察文字

　　以下是某個英文字母摺疊後的形狀。乍一看像是L字的摺疊模樣，但並不是L。那麼這個文字到底是什麼呢？（解釋 P.165）

問題9　正方形的分割

把正方形分成模樣和大小一樣的3個圖形。（解釋 P.165）

問題10　取襪子

衣櫃裡有5雙紅色襪子、5雙藍色襪子，一共10雙襪子，也就是說，衣櫃裡有10隻紅色襪子和10隻藍色襪子。突然要外出，在不開燈的情況下，只能把手伸進衣櫃把襪子取出來。要取幾隻襪子才能取出一對相同顏色的襪子呢？（解釋 P.166）

問題11　上等蘋果和中等蘋果

商人A是以1000元賣2粒上等蘋果，商人B以1000元賣3粒中等蘋果。突然有一天兩個人同時有點事情，只好委託朋友C來替他們賣蘋果。剩下來的蘋果中A有30粒，B有30粒，一共60粒。

C以2000元賣5粒。第二天A和B分銷售款，A的上等蘋果一共賣了30粒，應該收1萬5000元；而B的中等蘋果一共賣了30粒，應該收1萬元，但C卻只有2萬4000元的銷售款。A和B的蘋果應該值2萬5000元，怎麼會只有2萬4000元呢？C是非常誠實的人，不會去私吞那1000元，而且也沒有找錯零錢，卻偏偏差1000元。這到底是怎麼回事呢？（解釋 P.166）

〔問題1　過橋〕

解釋：最少需要17分鐘。根據一般性的推理可能會用上19分鐘，但實際上17分鐘就可以過橋。為了容易地說明，需要給這四個人編號，就按他們過橋的時間來編成1、2、5、10號。計算方法是這樣的：

1和2一起過橋後，留下2，1拿著手電筒再回來。這個過程需要3分鐘。

接著5和10一起過橋，然後由2拿著手電筒回來。這個過程需要12分鐘。

最後1和2一起過橋。這個過程需要2分鐘。

這樣，總共就需要17分鐘。

這個問題的關鍵是讓耗時最多的5和10一起過橋。有很多人都想用耗時最少的1來解決問題。但在這個問題的解決上，讓5和10同時過橋更加有利於問題的解答。

〔問題2　漢城的計程車〕

解釋：正如前面所述，這個問題的答案並不需要正確的數字，提出這個問題的人並非想聽到面試的人回答計程車數量。又不是去計程車公司上班，有必要知道漢城是內有多少計程車嗎？面試中提出來的這個問題，需要的並不是知識，面試官們只是想知道，面試對象是如何用智慧去解答這個問題，並以此評價這個

人。所以「漢城市內有X輛計程車」這樣的答案根本不重要，這個問題的核心是如何用自己的論理解釋爲什麼有X輛，而且要說服別人。即使驚慌之餘回答「只有1輛」也是可行的，只要你用你的論理井然有序地去說明其理由，也能得到高分。

你可以這麼想，假設漢城市內的人口是1000萬，一個家庭平均4個人，那麼大概有250戶家庭住在漢城。如果一個家庭每個月平均花掉10萬元的計程車費，漢城市民每個月支付的計程車費用是2500億元左右。假設一個計程車司機一個月平均收入250萬元，那麼大概有10萬輛計程車。如果這個答案是錯的，那是因爲提示的資料不正確，如果提示的資料可以調整，就能得出正確的答案。這是多麼有論理的回答呀！ 如果你能這樣回答，就可以接近提問者想要的答案。

〔問題3　正方體的分割〕

解釋：至少要切6次以上，才能得到27個小的正方體：想問題時，我們應該把27個小正方體中位於正中央的小正方體作爲中心來考慮問題。正中央產生的那塊小正方體沒有一面與外部有接觸，因此正中央的小正方體，必須經過每一面一次的切割才能產生6條邊。也就是說，至少經過6次以上的切割，才能得到27個小正方體中的中央那塊；但在前面我們已經知道了用6次切割就能得出27個正方體的方法，因此答案就是最少6次。

提出這個問題的人會特別注意觀察，你接近這個問題的過程以及用合理和論理的方法解決問題的過程。

〔問題4　分蛋糕〕

解釋：一塊蛋糕公平地分成三塊的方法如下：首先，一個人拿著刀從蛋糕的邊緣開始向裡移動，逐漸增加要切的蛋糕面積。在這過程中，其餘兩個人觀察著要切的蛋糕面積，覺得差不多到三分之一的時候就叫暫停。喊暫停的人，是覺得已經達到了自己所想要的蛋糕量，才喊暫停，因此首先叫暫停的人就吃第一塊蛋糕。然後剩下的兩個人就按照前面所講述的兩個人分蛋糕的方法去分剩餘的蛋糕。四個人或者更多的人都可以用同樣的方法公平地分蛋糕。即使是100個人也是一樣的，一個人從邊緣開始一點一點挪動刀，誰最先喊暫停，第一塊蛋糕就是他的。剩下來的99名，也可以用同樣的方法分蛋糕。

〔問題5　從地鐵站開始走〕

解釋：朴先生在路上碰到他的妻子為止，共走了55分鐘。因為朴先生比平時提前10分鐘回到家，這說明妻子比平時少開了10分鐘車，也就是說單行少開了5分鐘。這樣朴先生的妻子比平時提前5分鐘在路上碰到了朴先生，正確地說，是在4點55分碰到了朴先生。因此朴先生是從4點走到4點55分，一共走了55分鐘。

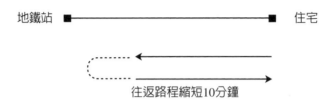

地鐵站 ■━━━━━━━━━━━━━━■ 住宅

往返路程縮短10分鐘

〔問題6　白熱燈泡〕

解釋： 利用細絲白熱現象製造的白熱燈泡，在1秒裡不管經過多少次的通電、斷電過程，它始終是「亮」著的。因此問題中的白熱燈泡，在2分鐘後是亮著的。

〔問題7　計算葡萄酒瓶的體積〕

解釋： 葡萄酒瓶的主體部分是圓柱形，但瓶口部分卻是不規則形狀。圓柱形的主體部分很容易計算，只要底部圓形的面積乘上圓柱形的高就能算出這個部分的體積。但不規則形狀的瓶口部分該怎麼計算呢？

我們可以這樣做：酒瓶裡倒入少許水，然後計算有水部分的體積。然後把瓶子倒過來，讓水填滿瓶口不規則部分，再計算沒有水部分的體積。把兩個結果相加就能得出整個酒瓶的體積。

計算

計算

〔問題8 觀察文字〕

解釋：那個文字是「F」。是把「F」倒過來摺疊的形態。

〔問題9　正方形的分割〕

解釋：正方形可以分割成以下三個同面積、同形狀的圖形。

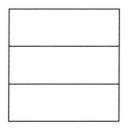

〔問題10　取襪子〕

解釋：可能會有人用以下方法來解答這個問題：「先取出一隻襪子，假設是紅色襪子，那麼還需要一隻紅色襪子。但下次可能是藍色襪子，下下次也可能是藍色襪子……這樣把10隻藍色襪子都取出來後，就可以取出紅色襪子。也就是說，取12次才能拿到可以穿的襪子。」你是否覺得非常有道理呢？

但事實上從衣櫃裡只要任意取出三隻襪子，就能湊成一雙襪子。

千萬不要成為為了一雙襪子要從衣櫥摸取12次的人。

〔問題11 上等蘋果和中等蘋果〕

解釋：問題出在C的銷售上。由於他把A和B的蘋果混合起來賣，剛開始可能每賣5粒蘋果，就有2粒上等蘋果和3粒中等蘋果；賣了一半之後，每賣5粒蘋果，就有3粒上等蘋果和2粒中等蘋果。出現銷售款上的差額，就是因為他們無條件地用5除60粒蘋果的結果。

如何才能提高創意能力？

要回答這個問題，必須先說明創意能力的定義。我對創意能力的定義是這樣的：「當想法的種種要素使用的當時會產生某種能力，這種能力就是創意能力。」因此如果想提高創意能力，就要對想法的基本要素有所瞭解，並且有必要做一些多種想法的訓練。

一個人的一切不會超過他的經驗。我們出生時就像一張白紙，通過間接或者直接經歷的經驗，我們會成長、會變強大。即使經歷同樣的經驗，根據從經驗裡自己領悟到的多與少，可以變成強者或者弱者。我們應該多多經歷關於「想法的經驗」。不過前提必須從經驗中學到有利於自己的東西。

為了經驗「想法」中的種種基礎性要素、為了更好的學習經驗，我們需要有意識的努力。喜歡論理性事物的人和喜歡直觀性事物的人會形成對比，換句話說，喜歡論理性事物的人有著討厭直觀性事物的傾向；相反地，喜歡直觀性事物的人卻有著討厭論理性事物的傾向。而喜歡想像的人，他們的具體實行能力就會較差。「想法」的要素中，也有相反的傾向。

對人們來說，不均衡是自然的，每個人都有著一定的差異，所以就會形成不均衡，正如左撇子和右撇子一樣。平時你應該好好使用所有的一切，當種種要素的想法，都能得到充分使用時，就會產生創意能力。我們應該多經驗一下各種要素的「想法」。

重要的是，去提高想法的基礎技能！

構築思維的框架

應該感到羞恥的並不是你什麼都不懂，而是你什麼也不想學！

--------蘇格拉底（Socrates）

關於「定義」的定義

故事

美國的東西南北

　　獨島位於韓國的最東面，念書的時候我記得曾經學過韓國的最東邊、最西邊、最南邊、最北邊是哪裡，但現在好像都記不大清楚了。美國比韓國大很多，一共有50個州。你知道美國的最東邊、最西邊、最南邊、最北邊的州是哪個嗎？

　　連自己國家地理都沒弄明白，還想知道別的國家的地理，或許聽起來可笑。但我想說的並不是地理問題，有很多人看著地圖也無法正確判斷美國的東西南北邊際。如果你在看著地圖的情況

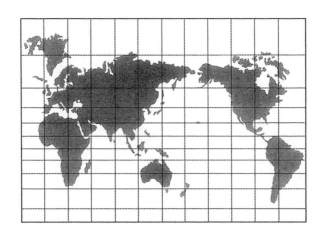

下，能夠正確回答上面的問題嗎？

我們先講一下答案。美國的最東邊、最西邊、最北邊都是阿拉斯加，最南邊是夏威夷。你可以想像一下美國的地圖，或者可以從手冊或者記事本上找到世界地圖，手冊或者記事本裡的世界地圖基本上都是把地球畫在了一個四方形裡面。這樣的地圖無法給你充分的資訊，反而會把你引向錯誤的方向。那是因為地球是圓的，而地圖上的地球卻是方的。

這個故事教會我們正確地認識東西南北的真正意義。東西南北方向，並不是依靠個人的感覺或者情感去決定的，我們說北邊、南邊，是想要說明那個地方與地球上的北極或者南極接近的意思。那麼東邊和西邊的正確意義是什麼呢？我們可以看看地球儀，人們對東西方的分割做了以下的規定：「經過英國格林威治

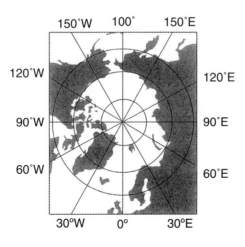

的經線，其經度是0。以這條0度經線為標準向左向右越遠，就是越來越靠近西邊和東邊。」阿拉斯加由於處在北極，因此東邊和西邊的邊際線都經過這個地方。

這個故事會讓我們想起定義。所有學術書籍的第一章，都是以定義來開頭的。人們使用的語言相互不同，有一本書是專門寫關於「人」的定義。關於東西南北這個概念，也有經過各方協商和社會上認可確定的定義，但愛情、友情、經營、創意能力……這些都沒有什麼確切的定義，所以比起東西南北問題，那些愛情、經營之類的問題更加難。為了解決這些難題，你可以在你所要寫的文章的開頭，對這些東西下一個定義：「我認為的愛情是這個樣子的」「我認為的公司是這個樣子的」，做出類似這些定義後，可與你周圍的人共用。但是這種定義不能只是你一個人單方面的決定，你可以找一些與之有關的人進行協商。

如果你是一個部門的部長，你可以這麼跟你的職員說：「我認為，我們這個部門應該是這樣的，而我們的職員又應該是這樣的。你們是怎麼想的？」按照這樣的思路，與員工們協商定義公司的形象和職員的作用，這樣基本上已經完成了第一步驟。沒有走好第一步，就想走第二步、第三步，那是不合理的。

對自己所做的事情要有自己的定義。
在組織裡創造所有組織成員都認可的定義。

這種關於集團的定義最好不要與種種社會關係有任何不吻合，在這種情況下，你的定義或許能創造你獨特的哲學。最近有一部收視率頗高的電視劇叫《商道》，其中的主人翁就有這麼一條只屬於自己的定義：「做生意不是要留住利益，而是要留住人。」在這種人生哲學的影響下，他最後成了朝鮮最富有的人。

你也需要你自己的定義，那會成為你自己的哲學。現在你對你所做的事情有什麼定義嗎？

請抓住概念！

故事

分割正方形

把正方形分割成四個模樣和大小一樣的圖形。盡量用多種方法進行分割。

□ 圖1

有些人一碰到圖形，就覺得不舒服。不要有抗拒感，放鬆情緒去想想問題。

〈圖1〉的正方形可以這樣分割：

圖2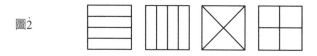

除了這樣分割之外還有其他方法嗎？下面介紹以下另外兩種方法：

圖3

　〈圖2〉和〈圖3〉中介紹了把〈圖1〉分割成模樣和大小一樣的四個圖形的方法。你想到過哪些方法呢？

　〈圖3〉的方法比〈圖2〉的方法更複雜。這種複雜的圖形，要按照不同情況去分割，即使是對圖形非常熟悉而且非常自信的人，也就只能想到這幾個方法。

　在這裡介紹更有效的方法，那就是把問題的解決方案抽象化、概念化。如果想做到這一點，就要形成概念。形成概念其實不是那麼容易的事情；如〈圖2〉一樣，在尋找各種解決方法的過程中，可以試圖擬訂某種概念。〈圖3〉就是從「首先把四方形分成二分之一，然後再分成二分之一」這個概念中得出的結論，而這個概念是在〈圖2〉形成過程中得到的。**一旦形成了有效的概念，接下來就可以按照這個概念思考，這樣會非常簡單地得到解決方法**。根據「首先把四方形分成二分之一，然後再分成二分之一」這個概念，可以找到以下幾種方法。類似於這樣的變形，無論是多少都有可能。

　在問題的解決過程中抓住概念，是最基本的步驟或者核心。**只要抓住了概念，所需要的想法就非常自然地浮現出來**。為什麼像廣告公司這樣需要大量想法的公司普遍都說「概念會議」而不是

「想法會議」，其理由就在這裡。

假設，你正在進行咖啡屋的室內裝修。你會根據狀況決定要裝什麼樣的燈光或者安裝什麼樣的門窗嗎？在這裡我們首先需要的是整個咖啡屋的整體概念：是要古典風格還是時尚風格，這些都要先抓住。一旦概念明確了，自然而然地就能想像得到需要什麼樣的門、窗、照明。

如果你在經營某種組織團體，那麼你要先抓住這個組織的概念。這樣你就可以非常輕鬆地得到如何去經營這個組織的想法。

而那些要競選總統的人，需要讓更多的人瞭解自己。由於每個人的生活方式不同，想法也不同，因此如果針對每一個國民進行宣傳，將是一件徒勞無功的事情。競選的人最需要的是，要找到能夠給國民留下深刻印象的獨特概念。不要去羅列100個優點，而應該去選擇能夠引起國民興趣的概念，再用自己的形象把這個概念傳達出去。

你也要自己形成「概念」，然後去尋找有必要的「概念」。

我們通過經驗可以學到很多東西。雖然同樣的事情不會發生兩次，但只要你把經驗概念化，再尋找必要的概念，那麼總有一天，即使你認為完全不同的一件事情，也可以用同樣的概念尋求解決的方法。

給那些對四方形的分割感興趣的人，再介紹一個把四方形分割成模樣和大小一樣的圖形的概念。基本的方法是，觀察以下的分

割，提取概念。

我們可以從中提取「從中心點出發，延伸到四個角」的概念。連接中心點和四個角（A、B、C、D）的時候，可以用非直線的線連接起來。

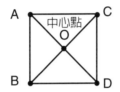

從中心點O用任意的線連接到角A。連接的線是什麼樣子，都沒有關係。然後把這條線轉90度，這樣將依次會連接O點和角B、C、D。就是說，中心點O和角A的連接線可以是任意的線，依次轉90度連接角B、C、D，但每條連接線不能相交。

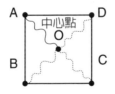

也有不少比上述的概念更一般的概念。我們可以從以下方式的分割中找出來。

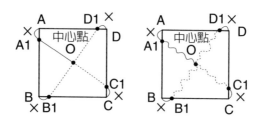

「從中心點出發，連接到點A1、B1、C1、D1。這四個點與相鄰的四個角距離都相等。」然後再從中心點O開始連接那四個點（A1、B1、C1、D1），連接時並不一定是直線，可以用其他的線條。

具體的分割方法如下：從中心點O出發，連接到離角A有X距離的A1點。連接線的形狀沒有任何關係。然後把這條線依次旋轉90度，連接與角B、C、D都離X距離的點B1、C1、D1。就是說，任意畫一條連接中心點到離角A有X距離的A1點，然後依次回轉90度連接離角B、C、D，各自X距離的點B1、C1、D1，但連接線不能相交。

分開來想想

花花公子的另一個煩惱

有個花花公子同時與三個女朋友交往。為了能夠繼續與三個女朋友交往下去，花花公子採取的戰略是，可以在女朋友的家裡約會，但絕對不會帶女朋友到自己的家裡。他認為這樣安全一點。

三個女朋友（A、B、C）居住的城市道路如下。

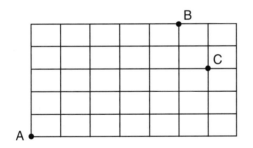

某天，花花公子決定搬家。他考慮的是：「搬到哪裡才能最方便地來往於這三個女朋友的家呢？」為了選擇最好的方案，花花公子用以下方法想了這個問題。

可以將道路想像成圍棋盤的模樣，三個女朋友各自在A、B、C點，那麼PA＋PB＋PC為最小時，點P的位置在哪裡？

你可以幫助這位花花公子解決這煩惱嗎？

　　這位花花公子的煩惱，不能一次性解決。即使是善於解決問題的人，在這種複雜的狀況下，也不能輕鬆地解決問題。他們採取的主要方法是，把複雜的問題分割成幾個簡單的問題，然後再一一解答。由於這個問題很複雜，因此我們需要先把它分割成簡單的形態。我們可以想像一下這樣的情況：

　　假設這三位女朋的住所路線如下，那麼這位花花公子該搬到哪裡才能最方便地來往於各個女朋友的家呢？

　　如果用數學方式來解這個問題，我們可以這樣算。如圖一樣 A、B、C均在垂直線上，這時PA＋PB＋PC長度最短的點P會在哪裡呢？

　　如果分幾種情況想問題，把B點定為P時 PA＋PB＋PC的長度為最短。那麼：

　　(a) P點在A和C之間。我們也可以分P點在A和B的之間或者在B和C的之間的不同情況來考慮問題。

　　(b) P點在A和B之間的情況：由於P點在A和B之間，PA＋PB＝AB。所以在A和B之間選擇與C與距離最短的一個點作為P，P點就是B點。

　　(c) P點在B和C之間的情況：由於P點在B和C之間，PB＋PC＝

BC。所以在B和C之間選擇與A與距離最短的一個點作為P，P點就是B點。

(d) 因為P點在A和B之間的情況和在B和C之間的情況，都把P點和B點看做是一個點，因此P＝B。

再用這個計算結果，幫幫這位花花公子吧。花花公子要行走的路就像圍棋棋盤，只能上下左右移動，運行的方向可以分為水平和垂直兩個方向。因此把水平方向上的最短距離和垂直方向上的最短距離作為座標的點就是點P。請參考圖。

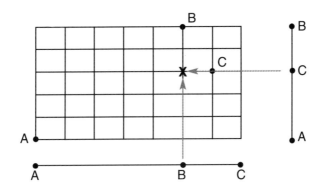

把難而複雜的問題轉換成比較簡單的問題再解決，這就是分析。難題對你對我都是一樣地難，但偏偏有些人就善於解決難題。這並不是他們更善於琢磨難題，而是他們更善於把複雜的東西分割成幾個簡單的部分，這正是他們真正的能力。

現在你可以把擺在你面前的種種難題，分割成你容易理解、容

易操作的幾個部分，然後再想解決的方法。**不要一味去解答一個難題，應該把難題分成幾個容易的問題，再一一解決**。現在就開始著手分析吧！

有時思考也可以偷懶

頭腦裡裝的東西越少，你的文件包就越大。

————哈曼・西蒙（Hermann Siman）

給想法留個餘地

故事

漏掉的數字是什麼？

從1到9的數位字中選了8個數，放到下面的圓圈裡。以下的圖是表現了同一行裡的數字之和。那麼1到9中，漏掉了哪一個數字呢？

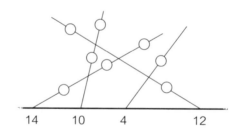

很容易就能知道這個問題該怎麼去解，但那些性子急的人會立即拿起筆把數字寫入每個圓圈當中，這讓我想起關於「想好後跑的人、跑完後再想的人、邊跑邊想的人」的故事。

面對前面的問題，有些人會直接去找解題方法，而有些人則先想好解題思路，然後再去解題。人們一般一看到這個問題，就會產生這種主導性想法：「圓圈裡先放入容易的數字。」於是有些人會馬上拿起筆；而有些人則在考慮：「有沒有其他更容易的方

法呢？」**每當產生主導性想法時，先不要盲目著手，而是先要考慮有沒有更好的解決方法**。這樣做好像比較懶，而且比較被動，我們習慣性地認可誠實和積極的性格，而懶和被動的性格則不會給人什麼好印象。但在解決問題時，我們不要把這種思考方式看做是懶惰和被動，我們需要這種思考的方式。

解答如下：1到9的所有數字之和是45，但前面分成4個部分的數字之和是40（14＋10＋4＋12），所以漏掉的是5。

我們人類的思維模式可以簡單地總結成以下雙重構造：

思考＝認知＋處理

當把思考分成認知和處理時，我們會對處理過程進行很多學習和練習，而對認識卻有忽視的傾向。碰上某種狀況，我們會傾向先進行規定的處理過程，而不是先對狀況進行更深層瞭解。我在這裡強調的，是要對問題或者狀況有充分的認知。在這個運轉速度飛快的世界裡，我們有必要偶爾忙裡偷閒，多觀察周圍。有時候，過急或者誠實的性格，會成為你拓寬視野的障礙物。

這裡有個有趣的回憶，想講給大家。有一次我在某公司為新職員講課，我在黑板上寫了以下測驗題之後就讓學員們休息了。

測驗題：6□4＋3□6＝10

其實這個問題很簡單，6.4＋3.6＝10，但有那麼一位學員卻對這個問題提出了一個非常驚人的答案。

休息時間結束後，他就舉手示意要到黑板上解答這個問題。他

在黑板上寫了$\log_{96}\frac{3}{10}$，他的計算方法是這樣的：

$$6\log_{96}\frac{3}{10}4+3\log_{96}\frac{3}{10}6$$

$$=3\log_{96}\frac{3}{10}16+3\log_{96}\frac{3}{10}6$$

$$=3\log_{96}\frac{3}{10}96$$

$$=3\times\frac{3}{10}$$

$$=10$$

我們對這個答案都非常吃驚，於是大家都給他鼓起了掌。但看到6.4＋3.6＝10這個答案，那個學員驚歎一聲後，卻表現出非常慚愧的樣子。

有些人看起來不做什麼努力，但運氣卻很好，而且事情也特別順利；而有些人雖然非常認真地工作，但事情總是非常不順。第一個出發的人，不一定是第一個到達目的地的人。我們應該給自己的思維留一些餘地，應該去想「有沒有更加簡單的方法呢？」我們知道所謂經濟法則就是「用最小的投入得到最大的回報」。正如「第一個出發的人，不一定是第一個到達目的地的人」那樣，沒人敢保證，付出更多努力的人得到的也會更多。

如果你是非常誠實、非常努力的人，我想跟你說：「留一點思考的餘地，適當懶一點，多觀察周圍吧！」

退一步再看一看

故事47

What is it?

It is greater than God.

It is more evil than the Devil.

Poor people have it. Rich people need it.

If you eat it, you will die.

What is it?

　　事實上我的英語不怎麼樣，而且也不太喜歡英語，但這個問題必須用英語寫。對那些瑣屑的事情觀察敏銳的人，會察覺到了某種暗示，那就是「必須要用英語來寫」的條件，將會是決定性的因素。

　　當朋友提出這個問題的時候，我想起了「Time」這個單字。我會從文章的結尾開始，倒著想：「時間流逝，誰都會死。貧窮的人時間或許多一點，而富有的人，因工作繁忙，總是時間不夠。」在這段內容中我想到了單字「Time」，聽完文章內容的一半之後，我更加堅信單字「Time」會與這個問題有非常重要的關聯。我想：「這個問題肯定不會有正確的答案，只要把我的想法

按照狀況主張就可以了。」並且一直想著單字「Time」，而且還自己念了一句打油詩：「有時時間比神更偉大，有時卻比惡魔更邪惡。」我還讚歎自己的才華：「多麼好的一句名言啊！」

不僅僅是我，大部分人被問到這個問題時，就會思考哲學性的答案。他們會努力去尋找比神偉大、比惡魔邪惡的東西。一旦心中有了某個具體的辭彙，就會開始哲學性地講述其中的原委，因此大家都成為了哲學家。

但這個問題並不是用哲學性思維來接近的問題，而是用象徵性的思維去接近的問題。所謂象徵性地接近，就是單純地在「it」的位置上放入某個單字，讓整個句子意思貫通的方法。簡單的說是填詞的方法，是一種文字遊戲。我們首先看看這個問題的解釋吧：

It is nothing.

Nothing is greater than God.

Nothing is more evil than the Devil.

Poor people have nothing. Rich people need nothing.

If you eat nothing, you will die.

這個問題只要用「nothing」代替「it」就可以了。解答這個問題的時候，如果想不到用別的辭彙去把「it」代替，而想著在哲學意義上尋找其答案，狀況將會變得越來越複雜。因為得用哲學

性思維,去尋找比神更偉大、比魔鬼更邪惡的東西,那是非常困難的一件事情。也許你能找到你認為合適的答案,但不知道別人能不能理解呢?

　我們對面臨的問題,一般傾向於只向一個方向進行觀察和思考。像那些總在說「好像不是這個,好像……」這樣話的人,是被某些東西困惑住無法擺脫。我們總是在說:「只有擺脫思維的框架,才能創造新的想法。」但我們卻始終掙扎在那個框架裡,這就是我們的實際狀況。**現在開始我們要學會退一步觀察的能力。在認真生活的同時,偶爾退一步去看看我自己、我的問題,以及我面前的機會。**

左右撇子的創意能力

故事

高斯逸聞

　　這是卡爾·弗里德里奇·高斯（Karl Friedrich Gauss）在十歲時候發生的事情。有一天在課堂上，老師在黑板上寫了這麼一道題：

　　1＋2＋3＋……＋99＋100＝？

　　老師爲了抽出點空來做一些堆積下來的工作，想讓學生們自習，才要同學們去計算從1到99的總和。然而老師剛寫完題目想做其他工作的時候，高斯舉起了手，並且非常自信地說：「老師，答案是5050。」

　　老師非常驚訝。一般這個問題起碼要計算幾十分鐘，高斯怎麼能夠立刻回答出來呢？十歲的高斯那一鳴驚人計算方法是這樣的：

　　$S＝1＋2＋3＋……＋99＋100$

　　$S＝100＋99＋……＋3＋2＋1$　如果把這上下兩行相加，

　　$2S＝101＋101＋……＋101＋101$，一共有100個101。

　　因此，$2S＝101×100$，$S＝101×50＝5050$

　　高斯的這個計算方式，我們在高中求等差數列的數學題中學到過。讓人驚訝的就是，高斯在10歲時，就想到了這個計算等差數列之和的一般計算方法。

　　高斯是怎麼想出這個方法的呢？是什麼樣的天才，讓高斯有了這樣的計算方法呢？我們難道就不能仿效高斯的天才嗎？

　　「把數字的和看成是某種圖片，然後再從那些連續的數字當中找出線索。」這就是高斯天才思維的體現。把數字的計算轉換成圖片，然後再找線索，這並不是我們所熟悉的思維方式。根據大腦的生理學分析，數字的計算是由左腦進行的；而尋找線索則是右腦的工作。同時使用左腦和右腦與同時使用左手和右手是一樣的，同時靈活地使用兩隻手，對我們來說不是很熟悉的事情。

　　爲了讓我們有更好的理解，在這裡簡單探討一下大腦的生理學特徵：

　　1. **固有性：**所有人的大腦，就像人的指紋一樣，總有那麼一點差異。

　　2. **機能分化：**人類大腦的機能和作用是分化的。不同的大腦部位，其行使的作用也不同。

　　3. **作用分擔：**有了思考課題，大腦當中那些接受這個課題的部分會非常活躍，而其餘的部分卻處於休息狀態。

　　4. **相互連接：**大腦的所有部分是相互連接的，左腦和右腦通過叫「腦梁」的組織互相連接，互相交流資訊。

5. **反覆處理：**有些特殊資訊須遊走於大腦的各個領域才得以處理。

6. **全體性：**大腦藉由機能的分化，分擔各種工作，並且相互連接，把需要處理的資訊迅速移動到必要的領域進行反覆處理，讓所有的事情在表面上同時得到全面的處理。

7. **不均衡：**所有的人使用大腦特定部分的概率比使用大腦其他部分的概率更多，這樣的不均衡是自然的。

大腦的這種特徵給我們的思考和理解帶來巨大的幫助。

例如，我們「感覺小狗很可愛」的過程會經過以下細微的階段：首先看到小狗的圖片，然後想到了「小狗」這個名詞，給我們帶來小狗可愛的記憶，繼而讓我們感覺小狗的可愛。我們認為所有的這一切過程都是同時進行的，但事實上是各個被分化了的過程經過迅速的處理，才讓我們覺得所有的事情是一次性得到處理的。

大腦特徵中，要注意的部分就是它的不均衡。我們的身體器官大部分是成雙成對，但是我們只善於使用其中的一個。眼睛、腳、手、耳朵，還有我們身體內部器官，大部分都是一對，但就像存在著左撇子和右撇子一樣，我們更喜歡選用其中的一個。腳也有左撇子和右撇子之分，眼睛、耳朵，還有身體的內部器官也是一樣的。這樣的不均衡對我們的大腦來說也是一樣的，有些人喜歡用左腦，而有些人則更喜歡用右腦。

人們早已知道大腦由左右腦組成，但很少有人知道左腦和右腦的區別。左腦和右腦相互做著不同的事情。羅傑·斯佩里（Roger sperry）通過實驗證明了人類的左腦和右腦起的作用是不同的，是分化了的；就因為這個科研成果，他得到了1981年諾貝爾醫學獎。我們可以根據斯佩里的研究結果簡單整理一下左腦和右腦的特徵：

左半區	右半區
詞彙	視覺、空間、音律
分析	直觀
依次處理	統一處理
主導的	受容的
現實的	理想的
計畫的	衝動的
時間	空間
理性	感性
對一部分感興趣	對整體感興趣
具體的	一般的
看到樹木	看到森林

左腦發達的人容易看到樹，喜歡用現實性和分析性的方法去觀察事物，善於擬訂計畫，有系統地處理每件事情。右腦發達的人

容易看到森林，喜歡直觀性、全體性地觀察事物，視野比較廣闊，而且喜歡勾畫事情運轉的全盤景象，不太願意具體的專注於某一件事情，而更偏向於同時處理幾件事情。

某些人是左腦發達，而某些人是右腦發達，除此之外，還有左右腦都發達的人。從側面觀察一個人的選擇性傾向，我們就會發現左腦和右腦的選擇性傾向是根據對某種事物的喜愛程度。我們的大腦也像左右撇子一樣分「左腦撇子」和「右腦撇子」。大腦的選擇性傾向是自然的而且也是必然的，所以有些人喜歡看樹，而有些人則喜歡看森林。

我們再回到的高斯的故事中。計算處理數位是左腦的工作，當左腦活動時右腦會維持最低的運動狀態。一般從1到100的相加是逐一相加，但高斯使用了右腦把問題視覺化了。他把問題看成一個圖形，從中尋找一定的線索，然後再用左腦計算了結果。這是左右腦同時進行工作的典型例子。

我們經常可以看到像高斯那樣同時使用左右腦得到與眾不同效果的例子，以下的計算也是非常好的例子。

$$
\begin{array}{r}
12{,}345{,}679 \\
\times \qquad 9 \\
\hline
111{,}111{,}111
\end{array}
$$

如果你只看這樣的計算結果，會感到一些疑問，因爲111,111,111是一個非常不可思議的結果。不過仔細看上面的一系

列計算方法，我們就會逐漸接受這個結果，並且還會感歎：
「啊，原來也有這樣的計算方法。」但有些人只有經過自己親自
計算才相信結果的正確性。喜歡用右腦的人看到這個計算方法就
會想到一些主觀性的想法，他們會全面地觀察後得出結論，並不
願意直接去計算；但那些喜歡用左腦的人就會親自去計算這個問
題。

　　這次我們同時使用左右腦，再看看前面的計算題。我們可以這
麼計算：9＝10－1，然後拿10－1去代替9，計算會變得簡單。

$$123,456,790$$
$$-12,345,679$$
$$111,111,111$$

　　只要轉換一下計算方法，不用親自去計算也能得出結果。

　　現在開始我們不但要使用左右手，我們更要學會同時使用左右
腦的方法。 只不過即使我們喜歡同時使用兩隻手，也不能說明
我們就可以同時靈活使用兩隻手；喜歡不等於靈活。我們大腦的
不均衡是自然性的，正如有左右撇子之分一樣。不管使用哪一側
的大腦都是自然的現象，你或許喜歡看森林，或許喜歡看樹；選
擇使用和善於使用是不同領域的問題。或許你喜歡用左腦，喜歡
做事比較系統化和具體化，但根據狀況你也可以適當使用右腦，
用全面性和整體性的視角看事物。

活用左右腦解決問題

故事

三個類型的鐘錶

問題1：沙漏

使用7分鐘的沙漏和11分的沙漏計算15分鐘，最簡單的方法是什麼？

問題2：要填入的數字是什麼？

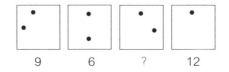

9　　　6　　　?　　　12

問題3：利用纜繩計算時間

一條纜繩的燃燒時間是一個小時，但纜繩的燃燒速度並不是均速，在某些地方會快一些，在某些地方會慢一點，無論如何它的燃燒時間是一個小時。那麼如何使用兩條纜繩計算四十五分鐘的時間？

很多在數學領域裡取得的偉大成就，以及對人類文明做出巨大

貢獻的成績，其共同點都是同時有效地使用了左右腦。我們在大腦的使用上，要像籃球選手能自由地使用左右手、足球選手能自由地使用左右腳，在這知識性社會中，從事知識性勞動的人都能善於使用左右腦。

上面三個問題中，問題1是使用左腦的問題，只要經過系統化的觀察處理過程就能得到答案；而問題2是利用右腦的問題，直觀性地回答出符合整體狀況的答案即可；問題3是同時使用左右腦的問題，首先分析狀況，全面地把握狀況就可以得到好的解決方法，然後根據具體的狀況系統化地使用這個解決方法，就可以得到答案。看解釋之前你先自己試著解答一下這些問題，掌握問題的本質，然後再看看前面所講述的左腦和右腦的特徵。希望你能理解使用左腦和右腦的真正意義。

〔問題1：沙漏〕

解釋：

(a) 同時使用7分鐘沙漏和11分鐘沙漏開始計算時間（0分）

(b) 過了7分鐘後把7分鐘沙漏翻轉過來（7分）

(c) 到了11分鐘的時候，不翻轉11分鐘沙漏，而是翻轉7分鐘沙漏（11分鐘，現在7分鐘沙漏只剩下4分鐘）

(d) 待7分鐘沙漏記時完畢，剛好是15分鐘（15分）

〔問題2：要填入的數字是什麼？〕

解釋：

（？）＝（3），以上的圖是把鐘錶形象化的形狀。第一個是9點，第二個是6點，最後是0點，所以第三個是3點。

〔問題3：利用纜繩計算時間〕

解釋：

解答這個問題，首先要從纜繩的兩頭同時點火，雖然燃燒不規則，但纜繩從頭到尾燃燒完的時間剛好是一個小時，因此，同時點燃纜繩的兩頭，我們可以得出纜繩燒完需要30分鐘。這一點就是解答問題的關鍵。

(a) 纜繩A兩頭同時點火，而纜繩B只點燃一頭（開始）

(b) 纜繩A要完全燃燒完需要30分鐘，而纜繩B剛好燃燒一半（經過30分鐘）

(c) 然後再點燃纜繩B的另一端，15分鐘後纜繩B將燃燒殆盡。如此可以計算出45分鐘的時間。

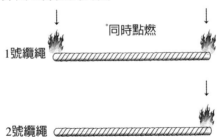

在學校裡我們很少有機會學到單純計算以外的數學方法，一般都是反覆使用一些規定的處理過程。**其實問題的解決過程我們可以分三個階段，那就是「問題的解釋、想出解決的辦法、進行處理過程」。**

為了問題的解決，第一個階段是對問題的認識和解釋。我們首先要知道問題的內容，如果我們無法理解問題的內容是絕對得不到答案的。因此，問題的解釋和理解正是問題解決的第一階段，這占據著最重要的部分。

如果已經正確地理解了問題的內容，那麼下一步就是想出解決問題的方法。前面三個問題中，問題1是不需要什麼特別的方法的，並不是所有的問題都需要解決方法。在今天這樣的時代裡，想法是非常重要的，而想法一般是右腦的作用。只有全面地看問題、綜合地觀察狀況，才能得到必要的想法。

已經完全理解了問題，並且得到了必要的解決辦法，那麼剩下的就是利用規定的處理過程解答問題。處理過程需要具體的步驟，在已經有現實性計畫的前提下，需要再系統化地進行每個過程，而這是左腦作用的過程。

雖然根據特殊情況可能會偏重於某一邊，但左腦和右腦都應該要靈活使用。我們的社會已經從產業化社會轉變成資訊化社會；產業化社會的特徵是強調處理過程，在產業化社會中必要的是用現成的方法去處理規定的事情。因此那些善於學習現有的方法，

並熟練掌握這些方法，能夠按照規定的處理方法處理事情的人，在當時是非常受歡迎的。在產業化社會中善於背誦就是能力，一個人知道的越多，他的影響力就越大。

但轉變成資訊化社會之後，資訊越來越多，人們是無法去一一掌握的，即使他有非同一般的能力，他掌握的資訊比起全部資訊量而言也是微不足道的。因此那些善於想出主意的人在現代社會裡更加受到歡迎。隨著資訊量的增加，資訊運作的速度也會加快，因此用整體化的眼光去觀察資訊移動趨向的人，比那些墨守成規的人更加受到社會的好評。

14 人是唯一會利用工具的動物

世界人口的三分之二還沒有使用過電話，世界人口的一半還沒有照過相。

————《華爾街日報》（Wall Street Journal）

製造對自己有利的工具！

故事

數學問題

現在介紹兩道數學題，念書的時候喜歡數學的人可以挑戰一下。這個問題是高中學生水準的問題。（事實上這個問題國中學生也能算得出來，由於作者不太瞭解國中的教育過程，沒有判斷好。）

問題1：276是3的倍數嗎？

問題2：用1到9的9個數字，每個數字使用一次組合的9位元數字中，有多少質數？

問題1任何人都能輕鬆解答：276是3的倍數。如果問你：「為什麼是3的倍數？」你會怎麼回答？也許有人會回答說：「直接去除一下就知道了。」或者「2＋7＋6＝15，15是3的倍數，因此276是3的倍數。」你記得我們學過「不管是任何數，各位的數字相加的和是3的倍數，那個數就是3的倍數」這樣的知識。知道這個知識的人，不用直接去相除也可以得出答案。有這種判斷標準的人，即使是更難的問題也可以解答。如果你掌握了前面的判斷標準，像245、973、942這樣的大數，不用計算也能一眼判斷是

不是3的倍數。這樣的判斷方法，其實是一種工具。這個工具在你的生活或許毫無用處，但對那些隨時要考試的國中、高中生來說，是非常重要的工具。

有些人擁有很多這樣的工具，而有些人則沒有任何工具。我雖然攻讀的是數學，但計算比任何人都慢。但有一次有個人問我：「1萬元一本的書，銷售了20萬本，銷售額是多少？」我馬上回答說：「20億元。」並不是我的計算特別快，只是我有「萬×萬＝億」的工具，所以利用這個工具很快得到了答案。

有一次，被朋友拉著參加了網路銷售公司的事業說明會議。在前面講解的人突然問了個問題：「第一階段有1元利益，而到了下一個階段是2元，其後是4元……這樣每次都是成倍增長，那麼30個階段之後將是多少呢？」我不假思索地回答：「大約5億左右。」

很多人都會認為我肯定參加過類似的會議，事實上我只是利用了我擁有的工具而已。我有這麼個工具$2^{10}＝1,024≈1000$。2的10次方是大概1000左右。我們再看看西方的數字標記法：K（千）、M（100萬）、G（10億），就是說，1,000（K）×1,000（K）＝1,000,000（M），還有1,000（K）×1,000（K）×1,000（K）＝1,000,000（M）×1,000（K）＝1,000,000,000（G）。對那些頭一次見到這些的人肯定非常生疏，但一一去分析會很容易把握，一旦掌握好了，你就可以自由運用這個工具。這是善於做會計工

作的人已經熟知地工具。

兩倍增長的幾何級數的計算雖然非常複雜，但只要掌握幾種規則就可以非常輕鬆地解題。幾何級數的計算與我們的直觀有非常大的差異。有這麼一個問題：

把一張報紙對折一次，然後再對摺一次，這樣對摺50次，其厚度是多少？

你認為大概會有多厚呢？假設一張報紙的厚度是0.1mm，我們可以用前面所介紹的方法進行計算。我們要計算的是$2^{50} \times$ 0.1mm。

這個是K×K×K×K×K×0.1mm。

10mm＝1cm，100cm＝1m，所以1,000mm＝1m。

另外，1,000m＝1km。就是說K×Kmm＝1km。

因而，K×K×K×K×K×0.1mm＝K×K×K×0.1km。

在前面假設 K×K×K＝G，

K×K×K×K×K×0.1mm＝0.1G。

就是說，對摺50次的報紙厚度是1億公里。

這個長度是地球到太陽距離的三分之二。

我們在知道這個結果之前會想，那些能夠把電話簿輕而一舉地撕成碎片的大力士們可以把報紙對摺50次，但事實上誰也沒有辦法做得到。

就因為這樣我們要學會製作工具。工具不僅僅使用在數字工作

中，股票或者房地產投資商們也有
他們自己的一套工具。有了工具對

自己是有利的，比方說開會時，我們可以根據會議的目的選擇適當的會議工具。

前面的數學問題2，我們可以用問題1中介紹的工具去解答。解釋問題1的時候，我們知道了「各位的數字之和如果是3的倍數，那麼這個數就是3的倍數」的工具。問題2中的數字是，利用1到9的所有數字組成的9位數字，因此各位的數字之和是45。由於45是3的倍數，所以問題2中組合的數字都是3的倍數，根本沒有質數。

人類是會使用工具的動物。談到使用的工具，我們會很容易地想到刀、農機等東西，但還有很多其他類型的工具。**除了我們用手使用的、能夠肉眼看到的工具之外，還有很多我們無法用肉眼看得到的工具，而且這些工具是非常有用的。**

自從人類開始使用工具，人類的文明就開啟了序幕。經過青銅器、鐵器時代的變遷，人類社會逐漸形成了階級。那些首先學會使用青銅劍和鐵製武器的人贏得了政權，他們成為了貴族。而那些不會使用工具的人則成為了底層階級。成為貴族或者奴婢的標準就是誰先學會使用工具。

並不是全部的工具都是用肉眼看得到的。維持社會的法律或者種種民主制度，就是那些用肉眼看不到的工具。肉眼看不到的工

具，比那些肉眼見得到的工具使用率更高。

工具的使用會影響你的人生。你現在使用什麼樣的工具呢？你在使用很多工具嗎？還是不使用工具，而用自己的身體去打獵、去耕種呢？希望你多多掌握對你有利的那些工具。

介紹工具之前，我想先說明一點。那就是我們需要熟練掌握工具的過程。事實上我們知道的工具很多，但這些工具中幾乎沒有一個工具只要聽了就會使用的，爲了更好地使用工具，我們需要熟練掌握工具的學習過程。熟練掌握工具的使用，就像學習打網球一樣。假設你在學打網球，你剛從教練那裡學到了握拍的方法和擊球的姿勢，教練卻說，除了這些沒有什麼可教的了。那麼，你現在就能上場打比賽了嗎？沒有一個人聽了一遍握拍的方法和擊球的姿勢就能馬上進行比賽的。我們需要在球場上練習，把學到的東西熟練掌握後，才能用球拍打到球。工具也是這樣的，必須要熟練掌握，那樣才能遊刃有餘地使用它。希望你能活用「why」和「PMI」這兩個工具。

why和對why的解釋

用黏土做盤子

情景1

小明和媽媽一起用黏土做盤子。小明覺得反覆揉捏黏土的工作又單調又無聊，他想儘快做好盤子。

「媽媽，不要再揉了，快做盤子吧！」

聽到小明有點不耐煩的話，媽媽生氣地回答說：「不行，繼續揉，要認真點，手上用點勁！」

由於小明怕媽媽生氣，只能勉強地揉著黏土，心理卻盼著時間趕緊過去。盤子終於做好了，所有的工作都結束，現在只要等盤子晾乾就行了。心急的小明很想儘快把盤子晾乾，於是他把那些黏土做的盤子放到了太陽底下。

情景2

小明和爸爸一起用黏土做盤子。小明覺得反覆揉捏黏土的工作又單調又無聊，他想儘快做子盤子。

「爸爸，不要再揉了，快做盤子吧！」

　　聽到小明有點不耐煩的話，爸爸仔仔細細地回答說：「揉捏黏土是為了把黏土裡面的空氣擠出來，如果黏土裡留有空氣，晾乾的時候空氣會跑出來使盤子破裂。」

　　聽到爸爸的這番話，小明非常認真地揉起了黏土，因為他不願意看到自己做的盤子破裂。做好盤子之後，小明對爸爸說：「爸爸，如果晾在太陽底下會乾得很快。」

　　這回爸爸還是仔仔細細地回答說：「晾在太陽底下雖然看起來乾得快點，但盤子的內外晾乾速度不同會使盤子彎曲，並容易破碎。所以雖然會花更多的時間，我們還是要在陰涼的地方晾乾。」

　　小明聽了爸爸的話，把盤子拿到陰涼的地方去晾乾了。

　　通過「為什麼」（why）讓我們知道藏在裡面的真正原因。在香港電影裡，我們經常能看到法官們戴著假髮，新加坡也一樣。新加坡有這麼一位年輕的法官，他對此一現象提出了疑問，為什麼要戴假髮？年輕的法官得到的答案是：「新加坡曾經是英國的殖民地，受到英國文化的影響才會戴假髮。」這個法官又問：「為什麼英國的法官都要戴假髮呢？」他得到的答案是，過去英國的法庭建在野外，由於頂棚很高，裡面非常冷。另外，英國法官中有很多上了年紀、禿了頭的人，為了防寒才帶上了假髮，這就是法官們為什麼戴假髮的理由。這位年輕的法官得知假髮的由

來之後，覺得很荒謬。殖民地已經結束很多年，而天氣又那麼熱的新加坡，但法官還得要戴假髮。

「為什麼」在成為尋找原因工具的同時，對為什麼的說明可以讓你發揮極強的領導能力。我們再看看前面的故事，比較一下情景1和情景2，「因為是……」這一句簡單的說明，可以在子女的教育或者在組織中發揮巨大的領導能力。

我突然想起了一個有名的故事，內容大致是這樣的：三個石匠正在工作，有個過路人問了其中一位：「您在做什麼呢？」石匠冷冷地回答說：「你自己看了不知道嗎？我這不正在鑿石頭嗎？」這個人又問了另外一位：「您在做什麼？」這個石匠回答說：「這個是我的職業。」當問到最後一位石匠的時候，這個石匠的答案完全不同：「我現在正在建一座美麗的聖殿。」在這個故事裡我們可以看到不同的人，一個是不知道自己在做什麼的人，一個是為了自己的生存而做事的人，還有一個是對自己的工作感到自豪，而且從工作中領悟到人生真義的人。

如何領悟工作的真正意義，這完全是自己的事情。但他們的上司只要發揮他的領導能力，說一句：「你們所做的事情……有著非常大的意義。」那麼這些人的認識會完全不同。正如故事51那樣，根據父母不同的教育，孩子的想法會有很大的差異。

特別是「因為……所以……」這樣一句簡單的說明，會換得很多東西。在你所屬的組織裡也是一樣的，不管組織的規模、不管

組織的性質，你必須在組織發揮你的領導能力，同時也要對自己發揮自我領導能力。

當我們發揮領導能力的時候，必須要附加問題「為什麼」和對「為什麼」的解釋。你要向你所屬的組織提出「為什麼」，然後再給予對「為什麼」的解答。並且你自己也要靈活應用「為什麼」和對「為什麼」的解釋。

「為什麼我會做這件事情？因為是這樣那樣的原因。」

PMI（Plus, Minus, Interesting）

故事

法官的煩惱

有兩個人發生了爭執，各自堅持自己是對的，結果來到了法庭。在法庭中，他們兩個人還是在主張自己的意見。首先，第一個人非常流利且非常有論理性地闡述了他的觀點，他的話非常有說服力。當他把自己的主張陳述給法庭的時候，法官一直在點頭。

「對的，對的，你說的是對的。」

聽了法官的話，另外一個人火冒三丈並且非常委屈地闡述了自己的觀點。這個人也說得非常好，他把自己的主張用特殊的表達方式非常有說服力地闡述給了法庭。聽了他的這番話後，法官又是點著頭說：「對的，對的，你說的是對的。」

看到法官這樣的表現，法庭的書記非常納悶地說：「法官先生，怎麼會兩個人都對呢？」

法官卻對著書記說：「對的，對的，你說的是對的。」

任何一件事情都會根據觀點的不同有對與錯。兩個人會各自主張自己的觀點，不能統一意見，是因為各自的重點有所差異。我

們舉例看一下「投石問路」這個小成語。對那些保守、追求安逸的人，這個成語是非常好的行動規範；但那些喜歡冒險、有激進傾向的人卻會說：「現在這樣需要速度的時代裡，像這樣的成語是無稽之談。」不過這僅僅是個人的問題而已。當開會決定某些事項的情況下，參加會議的每個人都有著不同的思維傾向，為了得到更好的方案，我們可以尋找更貼切的解決方法。下面我來介紹一下PMI（Plus, Minus, Interesting）。

所有的事情都隱藏著「加號」（plus）因素和「減號」（minus）因素，因此你要做的事情就是比較「加號」因素和「減號」因素。尋找「加號」因素和「減號」因素是非常客觀的行為，但如果是你自己的事情，你的感覺會比客觀的因素更加重要。你對這件事情有著某種看法和肉眼看不見的感覺，絕對不能忽視，那就是對你同樣重要的「有趣的地方」（interesting）。對這「有趣的地方」你必須誠實地表現你自己的情感，要發揮你自己的感覺和直觀。

假設在會議室裡出現了兩個不同的意見A和B。一般會存在對立，雙方只想著貫徹自己的主張。但從此千萬不要這樣做，你可以想一想PMI。對意見A同時去尋找「加號」因素和「減號」因素，並且對『有趣的地方』互相討論；然後再對意見B尋找「加號」因素和「減號」因素，然後再談論「有趣的地方」。在這樣的過程中，自然會產生這個專案決定的方向。

　　即使是在你自己整理想法的時候，PMI也是非常有用的。不久前我對「是福不是禍，是禍躲不過」這句話適用過PMI，在這裡我想簡單說一下我所想到的東西，也許你的想法和我不一樣，你也可以對你碰到的問題或者複雜的想法試用一下PMI，或許能找到它有用的一面。

「是福不是禍，是禍躲不過」

● 「加號」因素：優柔寡斷，無法下決定，彷徨的時候，利用一下這個句話，會對你的決定起到促進作用。

● 「減號」因素：利用這句話任意選擇一個採取行動，會失去再想一次的機會，會防礙你獲得更多的想法。

● 有趣的地方：當今的社會變得越來越複雜，速度成為越來越重要的一個環節，有必要的並不是100%的完成，而是一種迅速的推進力。

情境難題

想出好想法的最佳方法就是多想。

——萊納斯・保林（Linus Pauling）

情境難題

情境難題

酒吧裡發生的故事

有一個人來到酒吧，向酒吧招待要了一杯水。他們相互並不認識。去拿水的酒吧招待，突然從櫃子裡取出了一把槍，並且瞪著眼睛瞄準了那個人。過了一會，那個來到酒吧的人非常開心地說了一句「謝謝！」走出了酒吧，臨別前兩個人還互相握了握手。這到底是怎麼回事呢？

這個問題就是情境難題。藉由問題表現某種情境，透過情境提示了一定的結論。我們可以去想「在什麼情境下產生這樣的結果」，並且盡可能地多往幾個方向去思考，即使是那些可能性非常小的問題也要考慮到，用這一切去說明情境。

在情境難題當中，我們考慮問題時，不要只向著一個方向去開展思維。通過多樣的想法，想出能夠說服別人的故事情節，並且這個故事情節，必須是現實中可能發生的。為了構思出這種故事情節，我們應該讓自己的想法向四方擴散，就像煙可以瀰漫在整個空氣中那樣，我們要把自己的想像力無拘無束地盡情發揮。

情境難題要求你「水平性思考」。所謂水平性思考是一種有意

擺脫認識的框架，去營造嶄新想法的方法，就是離開已經熟悉的思考模式，去尋求嶄新的想法。即使是可能性非常小的情況，我們都要考慮，而且對所有的可能性都要敞開思緒。對「酒吧裡發生的故事」我們可以構思這麼一種情境。

情境設定

這個男人進入酒吧的時候是打著嗝的。這個男人進入到酒吧並不是為了喝酒，而是為了治打嗝想喝一杯水。恰巧那個酒吧招待是觀察力非常敏銳的人，他早就猜到了這位客人的心思。所以為了用嚇唬的方法幫這個男人治打嗝，他突然拿出了槍，並且瞄向了這個男人。被酒吧招待的這一舉動嚇一跳的男人，馬上停止了打嗝。後來這個男人也明白了招待的用心良苦，向這個招待表示了謝意。

就這樣，所謂情境難題就是給問題提示特定事件的結尾，而那些被問到的人根據這個結尾，去構思合理的故事情節。也許與推理小說中警察緝拿犯人是一樣的，因此有時需要各式各樣的故事情節。我們再看一個有名的情境難題。

 情境難題

住在公寓12樓的男人

　　某個公寓的12樓住著一個男人。這個男人每天早晨上班的時候都是坐電梯直達1樓，而下班的時候卻在10樓下電梯，然後爬樓梯回家。不過，下雨天或者電梯裡有別人，他就會直接坐到12樓。這是怎麼回事呢？

　　情境難題中會有各種答案，這些答案哪個更貼切，我們可以自己去評價。我曾經對三個朋友講過這個故事，三個朋友講出來的答案都是不一樣的。
　　第一個朋友是這麼分析的：

情境設定1

　　「這個男人是在做減肥運動，所以到了一定樓層之後再爬樓梯。下雨天，這個男人會犯神經痛，所以不能做運動。另外，他又不想讓人知道自己正在做減肥運動，所以如果電梯裡還有別人，他就會直接回家。」

這個朋友的分析非常合情合理，沒有漏掉一個提示條件。

而第二個朋友的答案卻是這樣的：

情境設定2

「這個男人很花心，在10樓瞞著老婆養了一個情人。為了不被別人發現，一旦電梯上有別人，他就會直接回到家。」

說到這裡，我覺得他的答案有點不夠全面，因為他並沒有講述為什麼下雨天直接回家的原因。於是我問了我這個朋友：「那下雨天是怎麼回事呢？」而我朋友的回答也非常機敏：「這個男人的愛人是賣雨傘的，只要到了下雨天她就不在家。」雖然比較勉強，但還是有可能的。

而最後一個朋友的回答更絕：

情境設定3

「這個男人是矮子，所以按不到12樓的按鍵，他頂多只能按到10樓，所以只能坐到10樓，然後再爬到12樓。下雨天由於他帶著雨傘，所以能夠按到12樓按鍵，而與別人一起乘坐電梯時，他可以拜託別人幫他按電梯。」

我們都認為最後一個朋友講的故事比較合理而且有趣。這並不

是說其他人的推理是錯誤的，其實三個人都充分按照問題當中的提示條件說明了其中的原委，應該說都是合理的答案。如果哪個人沒有對其中的某一個具體要素進行詳細的解釋，那麼我們就會認爲他的答案是不合理的。

就像這樣，情境難題會讓你有不同的想法，會有很多不同內容的答案。在這樣的過程中，你的想像力會得到刺激。

每當我們解開只有一個正確答案的問題時，我們會感覺到頭腦中又多了某種認識，或許這種異樣的感覺就是讓我努力去解答難題的樂趣之一。但上述這種情況是有所不同的，我們感覺到不知不覺中自己的思維範圍變廣了，並不僅僅局限於得到某種知識的成就感。你會覺得比一般性的難題，有更多的樂趣，但又覺得沒有什麼東西值得我們去牢記。但事實上並不是這樣的，**習慣於注入式教育的我們，經常只努力去積累單純化的知識。我們應該去增長智慧，而不是累積知識，應該去拓展思維的範圍。**

情境難題作爲團隊遊戲，可以幾個人一起去解答，一個人充當主持人，幾個人聚在一起進行解答。主持人在開頭向衆人提示類似「12樓的男人」這樣的問題，那麼其餘的人就要去瞭解情境內容，然後爲了構思故事情節與旁邊的人交流意見，這樣又能聽到別人有趣的解釋，又能把自己的想法傳達給別人。事實上，我在進行講課的時候，經常讓學員們分成幾個組解答這種問題，這樣一些非常獨特而且奇異的故事情節就能從他們當中湧現出來。

情境難題練習

情境難題往往採用我們周圍發生的一些軼事作為素材。這些軼事雖然不是經常發生的事件，但有發生的可能性。這樣的情境難題可能會有很多種答案，事實上也有可能發生很多樣的情境故事。

下面介紹幾個情境難題。你可以不要局限於這個例子，應該多想想新的情境，在這樣多樣的想像中，可以拓寬你的思維範圍。重要的一點就是，回答對方問題的時候，故事情節必須要自然。如果回答的故事情節不是很自然，非常彆扭，那或許說明你的想像力並不發達。但你也不必有什麼猶豫，盡可能想出各種各樣的可能性，因為我們並不是在尋找非常正確的答案，而是想多聽聽富有想像力的新故事。

情境難題 ③

怎麼會在那裡呢？

5個煤炭塊、1根胡蘿蔔，還有斗篷和草帽放在草地上。並不是某個人丟棄在那裡的，而是有某種必須放在那裡的充分理由。那些東西怎麼會在那裡的呢？

情境設定

下雪了，孩子們堆了雪人。過了一段時間天氣變暖了，雪人也化掉了，原來堆著雪人的地方因此遺留著5個煤炭塊和1根胡蘿蔔，還有斗篷和草帽。

情境難題

84秒和微波爐

我每天早晨都要吃麵包和溫牛奶。爲了熱牛奶，把一杯牛奶放入微波爐熱84秒鐘。爲什麼必須是84秒呢？

情境設定

熱牛奶的杯子有手把，如果熱完牛奶後再抓那個手把剛好需要84秒。如果不是抓手把，而抓杯子的其他部位，有可能把手燙到，所以必須要抓著手把。因此必須要用84秒。

情境難題

偷懶的服務生

在某個咖啡屋裡，小玲和幾個朋友正在聊天。服務生端來了他們點的咖啡，小玲發現杯子裡有隻蒼蠅，於是叫來了服務生：「能不能換一杯。」「當然可以！」服務生答應了一聲就把那杯咖啡端走了。沒過多久端來了一杯新的咖啡，不過小玲很快就發現，這一杯就是剛才那杯咖啡。小玲是怎麼知道的呢？

情境設定

第一杯咖啡小玲雖然沒有放牛奶，但放了幾小勺糖。所以小玲嘗了第二杯咖啡之後，馬上認定服務生並沒有換掉。

情境難題

關燈看書的人

有一個男人正躺在床上看書。過了一會兒，他的妻子進來問他是不是要繼續看書。那個男人說，書太有意思了，還想多看幾

頁。他的妻子說了一句：「我在樓下看完電視就睡覺，你也早點睡吧。」然後關了房間的燈就下樓去了。明明這個男人是在看書，妻子也看見他正讀得津津有味，怎麼關了燈呢？

情境設定

原來這個男人是盲人，他看的是點字書。

回答這種問題，看上去像某種單純的謎語。這些不常發生的事情，並不是沒有發生的可能，而即使是幾乎沒有可能性，且發生的概率非常低，我們也要盡可能去想多種可能性，這樣才能拓寬我們的思維。就拿上面這道題來說，你會覺得是一件非常荒誕的事情，但它可以消除我們的固定觀念，拓寬我們的思維。

情境難題

小明的日本旅行

某個美麗的秋天，小明到日本旅行去了。剛入住賓館的小明口渴，向服務員要了汽水。但服務員並沒有給小明送來汽水，卻在大早把小明從夢鄉中叫了起來。這是怎麼回事呢？

情境設定

原來小明向服務員要汽水（Seven-up）的時候，只說了一句：「Seven-up, please.」。賓館的服務員把這句話聽成：「請在早晨7點叫醒我！」所以隔天一大早就把小明叫了起來。

情境難題

小玲膨脹的胸部

小玲在偶然的機會碰到了以前單相思的小明。由於是久別重逢，兩個人開始聊了起來，講講過去美好的記憶，講講現在，談得非常開心。突然小玲的胸部逐漸膨脹了起來，突如其來的狀況讓小玲非常難堪和惶恐，但胸部卻越來越大，於是小玲只能躲進洗手間。這到底是怎麼回事呢？

情境設定

一個人胸部突然膨脹是非常不可思議的事情，但如果你不要把胸部看做是身體的一部分，把它看做是某種給人看的部位，那麼這件事情就有可能發生。

實際上這個故事發生在某架正在飛行的飛機上，小玲和小明是

偶然一起乘坐了同一架飛機。那天小玲穿的是一種可以充氣的內衣，主要是充入薄薄的一層空氣讓胸部看起來更有彈性。飛機起飛後，機艙內的氣壓下降，小玲內衣裡的空氣比周圍空氣氣壓大，因此內衣開始膨脹起來，而表面看起來卻像小玲的胸部正在膨脹。

 情境難題

愛上同一個男人的姊妹

有這麼一對姊妹愛著同一個男人。那個男人是妹妹的丈夫，而姊姊卻愛著妹夫。這種錯誤的愛情，造成了可怕的結果，姊姊殺掉了妹夫。姊姊確實是殺害了妹夫，而且姊姊也認罪了。但按照法律，姊姊並沒有被判死刑或者無期徒刑，也沒有追加任何刑事責任，把她釋放了。這是為什麼？

情境設定

這其實是一對連體姊妹的故事。由於是連體姊妹，如果沒有接受特殊的分離手術，那她們只能一生連在一起生活。

　　這樣的連體姊妹，並不是在我們周圍能夠輕易看到的，雖然非常罕見，但畢竟是存在著的。換句話說，雖然概率很低，但並不是零概率，這就是我們為什麼需要水平性思考的原因。平時我們大部分採用概率較高的垂直性思考方式，在一定範疇內，所有的事情都能得到解決。但在我們周圍，偶爾會發生一些我們難以相信的事情，就是那些概率幾乎是零的奇特事情。

　　重要的是，這種意想不到的事情，往往會發生在某件事情的關鍵時刻，從而左右整件事情的成與敗。有些人經常埋怨自己運氣不好，而有些人卻說自己經常有好運相伴。那些運氣不好的人，大部分沒有恰當的辦法應付突發情況，大部分人都僅僅是用垂直性思考模式去把自己徹底武裝起來；相反地，對那些運氣好的人來說，意想不到的突發事件卻能給他們帶來幸運，看上去就像在營造幸運。其實那是因為這些人在不知不覺中進行水平性思考的結果。如果你也想成為幸運常伴的人，你也應該培養水平性思考方式。

情境難題

人孔蓋子

　　街上的人孔蓋子都是圓形的。為什麼不是方形或者其他形狀，偏偏都是圓的呢？其理由會是什麼呢？

情境設定

　　如果人孔蓋子不是圓的，那麼在蓋蓋子的時候就會掉進坑裡。假設是正方形，那麼蓋蓋子的時候，一不小心蓋子就會從對角線掉下去。

情境難題

小明的結婚紀念日

　　今天是小明結婚3周年紀念日。他的妻子非常想體會以前戀愛時候的那種感覺，纏著小明去看高品味的藝術電影。不過奇怪的是，嚷嚷著要看藝術片的妻子卻在電影開始不久，靠在小明的肩

膀睡著了。生完小孩體重急劇增加的妻子，把那將近100公斤的身體全部壓在小明瘦弱的身軀上，瞌睡連連的小明無法再繼續堅持，於是他就帶著熟睡的妻子回家了。奇怪的是妻子始終是睡著的，那麼小明是如何在沒有叫醒妻子的情況下回到家的呢？

情境設定

小明和妻子是去了露天汽車電影院。在汽車裡看電影的時候，妻子睡著了，所以小明在沒有叫醒妻子的情況下，小心地開著車回家。

情境難題

小島的孩子們

有個小島上，一年有一、兩次可以看到這麼一個情境。有一個上了年紀的老人會坐在學校前面，看那些被媽媽帶來的小孩子們用左手繞過頭去摸右側的耳朵。這是怎麼回事？

情境設定

原來那個小島是還沒有受到文明洗禮的國度。那個地方的人無

法精確判斷某個人的年紀，也沒有專門管理出生年月的部門。但即使是這樣，那裡也有他們自己的習俗和法規，所以也有給孩子們教授基本常識的學校。

學校接收學生的時候，由於對來報名的孩子的年齡不是很清楚，所以讓孩子們用左手繞過頭去摸右側的耳朵，如果能夠摸到，就允許這個孩子上學。嬰兒的頭占身體的一半，然後隨著孩子年齡的增長，頭在身體所占的比例會越來越變小。用一隻手繞過頭可以摸到另一邊耳朵，那麼這個孩子大概是7歲或者8歲。從這個時候就可以教授孩子們知識了。

 情境難題

20元一杯的咖啡和25元一杯的咖啡

跟朋友來到了休息室。我坐到了椅子上，而朋友則到自動販賣機前買了兩杯咖啡。朋友問我：「你要喝20元一杯的咖啡呢？還是25元一杯的咖啡呢？」我選了25元一杯的咖啡。不過當我後來經過自動販賣機前時，卻發現25元的咖啡早已賣完了。那麼我的朋友是怎麼買到25元一杯的咖啡呢？

情境設定

　首先我們會想到的情況是，本來想買兩杯25元一杯的咖啡，但販賣機裡只剩下1份25元的咖啡，所以只能買一杯25元的咖啡。這是可能性最大的情況。那麼有沒有其他情況呢？

　發生在我身上的卻是一個完全不同的情境。朋友去買咖啡的時候，25元一杯的咖啡已經賣完了，所以他只能買兩杯20元一杯的咖啡。在拿咖啡的時候，他不小心把5元的硬幣掉在了其中的一杯。而我那個朋友恰恰是一個非常善於惡作劇的傢伙，他說的25元一杯的咖啡，其實是掉進了5元硬幣的那杯。

有時有必要挑戰一下小說家的想像力

在這裡介紹幾個從小說裡看到的個情境難題。這裡所提示的情境都是一次性的，你要動員所有想像力，用更有意思的情節解釋這個情境難題。

情境難題

沙漠中被折斷的火柴

某一天，一群人旅遊到了一個沒有人煙的沙漠深處，卻在這裡發現了一件讓人匪夷所思的事情。一個男人一絲不掛地死在沙漠中，更讓人費解的是，這個男人右手裡握著一根折斷了的火柴。見到這樣的情境，人們各自展開了思緒，其中有一個年輕人在深思熟慮之後，對這個情境提出了這麼一個說明。那麼這個男人身上到底發生了什麼事呢？

情境設定

兩個朋友坐著氣球，正在進行橫跨大陸旅行。有一天，他們的氣球由於導航錯誤進入了沙漠中，但以他們剩下的燃料是無法擺脫這個沙漠的，所以他們必須把那些多餘的東西扔出氣球。但氣

球還是繼續下降，於是他們開始把身上的衣服也扔出了氣球，最終，他們一絲不掛，而燃料卻還是一直消耗。看樣子是沒有辦法飛出這個沙漠了，因此他們決定一個人跳出氣球，另外一個人則努力飛出沙漠。他們決定用火柴抓鬮選擇要跳出氣球的人，而這個手裡握著折斷的火柴的人，就是那個倒楣鬼。

情境難題

背著行囊死去的人

在野外，可以看到有個男人死在那裡。他的臉是埋在地上的，身上背著行囊。他的周圍是荒蕪的野外，這個人怎麼會死在那裡呢？

情境設定

這個人其實正在做跳傘訓練，只是不幸背上了有問題的降落傘，於是丟了性命，而那個遠處看起來像行囊的，就那個有問題的降落傘。

16 情境難題

看見小鳥後死去的小林

小林突然看到窗外有一隻小鳥，沒過多久，小林就死了。那是為什麼？

情境設定

其實那時小林正坐在飛機上。他往外看的時候，剛好看到了一隻鳥撞向了飛機，不幸的是，因為小鳥的撞擊，破壞了飛機的引擎。所以飛機墜落了，而小林就這麼莫名其妙地失去了生命。

17 情境難題

強光和一個男人的死

只閃了幾下強光，而當時在場的有一個男人卻死了。這是怎麼回事？

情境設定

　　強光閃了幾下的地方是一個動物園，而那個死了的人就是這個動物園的老虎飼養員，平時老虎對這個飼養員非常溫順。那一天爲了給老虎餵食，飼養員進到了老虎的籠子裡，而就在這個時候，有個遊客違反了動物園的規定，偷偷給老虎拍了幾張照片。對相機閃光燈異常敏感的老虎，獸性大發咬死了那位可憐的飼養員。

情境難題 18

吸菸室和生命

　　住在鄉下某地的漁夫，從漢城出發回老家。如果他沒有坐在列車吸菸室的話，他將會失去生命。幸運的是，他恰巧坐在了列車吸菸室，因而沒有丟掉性命。這是爲什麼？

情境設定

　　其實，在這之前這個漁夫弄傷了眼睛，而且非常嚴重。後來來到漢城的一家醫院，經過治療，終於避免了失明的厄運。雖然醫生一再強調可以恢復視力，但這個漁夫不相信醫生的話。出院的

那天，醫生也不讓他揭開眼睛上的繃帶，原因是如果現在揭開繃帶，雖然可以看到東西，但會留下一些後遺症。可是這個漁夫卻始終無法相信醫生的話，總認為自己肯定會瞎，因此他斷定即使揭開了繃帶也不會看見什麼。

在坐火車回老家的路上，他想到了自殺。但他還是有點不甘心，而且他要證明醫生是在騙他，於是他稍微撩起了繃帶，看了看周圍。周圍還是黑糊糊的，他更加確信醫生在騙他，失望的漁夫準備結束生命。這時突然有一個人為了點菸點燃了打火機，漁夫看到亮光時簡直無法相信自己的眼睛，而這時列車也剛好走出了隧道。原來漁夫剛才撩起繃帶偷看的時候，列車剛好通過隧道。因此如果那個人沒有點燃打火機，那麼這個漁夫會非常失望，並因而了結自己的生命。

情境難題

奇怪的男人和死去的妻子

一個男人和女人開著車行駛在某個偏僻的道路上。突然車子停了下來，這是一條很少有人經過的道路。男人把女人留在車上，自己則跑到一個小時路程之外的村莊。當這個男人帶著其他車到

來的時候，女人卻死掉了，旁邊還有一個已經死了的男人。這是怎麼回事？

情境設定

事實上，這個男人帶著快要臨盆的妻子正趕往婦產科大夫那裡。由於他們住在鄉下，必須要開一段路程才能到達有婦產科醫生的地方。然而這時車子卻壞了，於是這個男人跑到附近的村莊去找人幫忙。期間女人生下了孩子，但由於難產失血過多，與剛出生的孩子一起喪了命。而女人生下的正是個男孩。

情境難題

野外的泳客

一個男人死在了野外，周圍沒有一點水，不過他卻穿著游泳衣。到底發生了什麼事？

情境設定

這個人是潛水員。當他在湖裡潛水的時候，不遠的地方著了火。為了滅火，消防部門動用了水陸兩用飛機，從湖裡撈水灑到

了著火的野外。就這樣，這個倒楣的潛水員，活生生地被扔下了救火的飛機。

 情境難題

爸爸的厚棉衣

小明的爸爸每當到了夏天會拿出放在閣樓裡的厚棉衣。而到了冬天卻把這件棉衣又放回閣樓。怎麼會這樣呢？

情境設定

其實，小明的爸爸是個農夫。夏天爲了趕走田地裡的小鳥，他得給稻草人穿上衣服，所以就拿出那件不能穿的厚棉衣；而到了冬天，要收回稻草人，所以就把那件棉衣又放回閣樓。

情境難題 **22**

犯人拿走的是什麼？

在某個犯罪現場，犯人要了一樣東西。犯人拿了之後，就離開了犯罪現場。其實犯人只想拿走一個，但他卻要了兩個。犯人拿的是什麼呢？為什麼犯人會這麼做？

情境設定

故事是發生在飛機上。劫機犯扣押著人質，而且還要了兩個降落傘。其實犯人根本沒有帶走人質的打算，只是擔心拿到的降落傘會是壞的，所以他威脅說要帶走人質，並要了兩個降落傘。他相信由於考慮到人質的生命安全，機員肯定不會給他有問題的降落傘。

 情境難題

小島上的殺人事件

一個青年在公園看報紙。在報上他看到了一篇標題爲「小島上的殺人事件」的新聞。內容是，某個知名的棒球選手帶著妻子去一個小島度假。在度假期間，這位棒球選手的妻子被殺害了。

看完這則新聞的青年，馬上向警察告發了那位棒球選手。經過警察的一番調查，果眞殺害妻子的凶手正是她的丈夫。這位在公園裡看報紙的年輕人，是怎麼知道的呢？

情境設定

這個問題是從希區考克（Alfred Hitchcock）的電影內容中摘選的。在公園裡看報紙的青年是個旅行社職員，正是這個年輕人爲那位棒球選手訂了去小島的船票。而那個棒球選手買票的時候，只給自己買了來回票，並沒有爲妻子買回來的票。引用希區考克電影中的台詞：「如果你要與你的妻子一起出海，請給夫人也買來回票吧，不管你有什麼企圖……」

情境難題

使用剪刀的殺人案件

某個女人被殺死在她自己的房間裡。死者的身上沒有任何外傷，沒有流一滴血，驗屍結果也顯示，在死者身上沒有任何藥物中毒現象。唯一一個讓警察可以掌握的線索就是，掉在她床邊的剪刀。那麼這個女人是怎麼死的呢？

情境設定

根據警察的判斷，凶手肯定是利用了這把剪刀殺了死者的。不過死者並沒有流一滴血，而且沒有任何外傷，那麼凶手是如何用剪刀行凶的呢？剪刀正是破這個案件的關鍵事項。這個故事也是從電影情節中摘選的，那個死者睡的是水床，犯人用剪刀捅了水床一個洞，然後用水床的水溺死了這個女人。

情境難題

寢室牆壁上的血跡

　　小明正睡在自己的床上，而他的床旁邊的牆上有一個奇怪的血跡。為什麼在那個地方會有這麼一個血跡呢？

情境設定

　　那是小明自己的血。那為什麼會濺到了牆上呢？不要想得太深奧，如果牆上的血跡不是很多，那麼可能是打蚊子的時候留下來的。也就是說，小明打死了牆上的蚊子，卻在牆上留下了血跡。

情境難題

開完槍後死去的獵人

　　有個專門打老虎的獵人，為了打到老虎，他有將近一個月的時間在深山裡遊蕩，但連一個老虎腳印也沒有見到。突然間，獵人

發現了一隻躲藏著的老虎。興奮之餘，獵人端起了獵槍，瞄準了老虎，狠狠地開了一槍。雖然打中了老虎，他卻為自己鹵莽的行為感到後悔，並且被巨大的恐懼籠罩著。幾分鐘後，這個獵人丟掉了性命。怎麼回事呢？

情境設定

我們可以從獵人打到老虎的周圍環境著手思考。獵人是在白雪皚皚的山上碰到了老虎，發現了目標的獵人在興奮之餘，忘卻了自己的這一槍會導致雪崩，自己還會因此而喪失生命。最終，獵人還是因為自己的鹵莽，導致了一場奪去他生命的雪崩。

情境難題 27

少年的眼淚

一個少年努力忍著淚水，正與醫生說話：

「醫生，請救救我這個朋友吧！」

「你朋友並沒有生命危險，只是一些小毛病。動完手術就能出院了。」

聽了醫生這番安慰，少年臉上露出了久違的笑容。不過沒過多

久，他卻默默地流出了淚水。少年為什麼哭泣呢？

情境設定

　　這個故事是關於一個越南少年和他的朋友。那時正是越戰時期，這個少年的朋友不幸受了傷。這個少年的朋友需要動手術，而且需要輸血，但由於是戰爭時期，血源並不是很充足。醫生發現這個少年和他的朋友血型一樣，於是向這個少年建議說：「為了救你的朋友，你願意輸血給他嗎？」雖然猶豫了一下，但這個少年還是決定輸血給他的朋友。其實這個少年根本不知道什麼是輸血，他以為，把他身上的血分給了朋友之後，他將會死去。只不過他實在是太愛他的朋友，所以決定冒死輸血給朋友。

　　後來，得知事情內幕的醫生問了這個少年一個問題：「即使會死，你也願意去救你的朋友嗎？」面對醫生的問題，少年簡單地回答說：「會的，因為我們是朋友！」

INK
PUBLISHING
印 刻

深 耕 文 學 與 生 活

劃撥帳號：19000691　成陽出版股份有限公司　掛號另加20元
本書目所列定價如與版權頁有異，以各書版權頁定價為準

世界文學

POINT

幸福世界

經商社匯　　8

INK PUBLISHING 改變想法就能改變命運

作　　者	朴鍾夏
總 編 輯	初安民
責任編輯	陳思妤
美術編輯	許秋山　劉亭麟
校　　對	吳美滿　陳思妤

發 行 人	張書銘
出　　版	**INK**印刻出版有限公司
	台北縣中和市中正路800號13樓之3
	電話：02-22281626
	傳真：02-22281598
	e-mail:ink.book@msa.hinet.net
法律顧問	漢全國際法律事務所
	林春金律師

總 經 銷	成陽出版股份有限公司
	訂購電話：03-3589000
	訂購傳真：03-3581688
	http://www.sudu.cc
郵政劃撥	19000691 成陽出版股份有限公司
印　　刷	海王印刷事業股份有限公司

出版日期	2004 年 10 月　初版
	2005 年 1 月 20 日 初版三刷

ISBN 986-7420-20-9

定價　260元

Copyright © 2003 by Park Jong Ha
Complex Chinese translation copyright © 2005 by **INK**
Publishing Co., Ltd.
This translation was published by arrangement with The
Korea Economic Daily & Business Publications Inc.
through Carrot Korea Agency, All rights reserved.
Printed in Taiwan.

國家圖書館出版品預行編目資料

改變想法就能改變命運／朴鍾夏 著.
－－初版，－－臺北縣中和市： INK印刻，
2004〔民93〕面 ；　公分

ISBN 986-7420-20-9（平裝）
1.思考—通俗作品

176.4　　　　　　　　　93016536